Aventures Cyrénaïques

**PERIPETIES
EXTRAVAGANTES**

ET

**AVENTURES
EXTRAORDINAIRES**

**D'UN QUIDAM
TRES ORDINAIRE**

Quand j'avais 4 ans, à l'école maternelle (c'est loin tout ça) ....
J'épatais les enfants (et aussi la maîtresse qui me jetait des coups d'œil dubitatifs et anxieux) parce que je savais lire l'heure, lire les blagues dans « le hérisson » (je ne sais pas si ce quotidien existe toujours), et baragouinais quelques phrases d'Anglais.
A la récré, j'étais le leader et j'inventais chaque jour un jeu nouveau.
(Je pense que je me mets en phase avec l'actualité, vu que c'est justement la rentrée scolaire.)

C'était pas facile, parce que ma mère était divorcée et n'avait qu'une maigre allocation familiale pour nous faire vivre. Elle avait aussi un ami discret qui devait l'aider à boucler les fins de mois trop difficiles.
J'habitais dans un taudis, tout le monde l'appelait le « blockhaus », dans une cité très pauvre où vivaient majoritairement des Espagnols.
Alors évidemment je commençais à parler Espagnol.
Il y avait une fille, de 5 ans mon aînée, et qui s'appelait Carmen, dont j'étais fol amoureux.
Je me languissais d'elle toute la journée, et le soir, je filais chez ses parents, qui vivaient dans un bidon

ville, pour la regarder en silence en faisant semblant de jouer avec son petit frère.

Un « bidon ville » à l'époque, c'était une espèce de construction en ferraille qui ressemblait à un demi-tonneau, mais évidemment en plus grand, qu'on aurait retourné.

Pour la cité c'était très confortable, je n'ose dire luxueux, et pour moi, c'était le paradis.

Et puis il y avait ce vieux poste TSF qui couinait des chansons de Gloria Lasso, de Tino, de Dalida,, d'Edith ou Montant, de Chevalier, un peu de Ch. Aznavour et de Bécaud et rarement, très rarement du Brassens.

Mon grand-père 'Totoche', qui jouait de la mandoline, m'initiait aux rudiments de la technique musicale. C'est de lui que je tiens le « petit pont » et le « pont » !

Moi, dans le « blockhaus », je dormais sur une paille qu'on avait disposée sur le coffre à patates dans un coin de l'unique pièce.

Cette bâtisse avait été construite à partir de tonneaux de ferraille vides dans lesquels on avait jeté des pierres et divers gravats. Puis les tonneaux avaient été reliés les uns aux autres par un ciment de plâtre. Elle était donc blanche et massive. On y avait aménagé deux étroites ouvertures et une porte.

Quand j'étais malade, ces saloperies de maladies infantiles, j'avais le privilège de dormir dans le vrai lit, et ma mère fermait sa porte.

Ma mère je l'aime bien, c'est elle qui m'apprenait l'Anglais, car elle avait travaillé pour les Américains après la libération, et elle m'envoyait faire les commissions à crédit chez l'épicière du coin, qui devait me prendre en pitié, vu qu'on était les plus pauvres de tous les pauvres, et elle me donnait toujours un bonbon.

Je n'étais pas malheureux du tout.

Au contraire, je n'ai jamais été aussi libre de toute ma vie, je courrais la campagne au sens propre et au sens figuré du terme, j'entraînais les autres garçons dans des équipées invraisemblables, et à l'heure où ils devaient rentrer, moi je courrais encore. Ils m'enviaient.

J'avais aussi mes coins à moi, dans les jardins ouvriers, j'avais trouvé une cabane de jardin qui semblait être abandonnée. Après en avoir fracturé la porte, J'y disposais mes trésors, bric-à-brac d'objets inutiles et futiles. Aujourd'hui quand je croise un SDF avec son caddy chargé ras la gueule de cartons, ballons, sacs plastiques, balais sans poil, brosse à chiottes … je ne peux m'empêcher d'avoir une petite réminiscence.

Les autres gosses venaient dans MA cabane, et puis comme j'étais pas encore égoïste, c'est vite devenu NOTRE cabane.

On mangeait des petits pois, des carottes, des fraises, des cerises qu'on chipait dans les jardins.

J'avais inventé et imposé aux autres des codes gestuels pour investir, en silence et au nez et à la barbe des ouvriers jardiniers, leurs maigres récoltes qui servaient à nourrir leurs familles.

Chaque gosse qui voulait profiter de ces menus larcins, devait marcher dans mes pas, s'accroupir à mon signal ou bien s'allonger au sol lorsque j'évaluais le danger comme étant trop près.

Parfois, il fallait plier retraite, les jambes à son cou, on sautait les obstacles, bien trop hauts pour nos corps en croissance, comme si c'était de simples trottoirs.

J'avais imposé un entraînement, puis un test pour chaque gamin qui voulait nous rejoindre, afin de m'assurer qu'en cas de pépin, il ne resterait pas prisonnier des ogres ouvriers. Je leur faisais peur pour les décourager et tester leur résistance au stress.

Et puis il y avait le parfum des roses, des aubépines, du chèvrefeuille des giroflées et des clématites qui nourrissaient nos jeunes narines de leurs arômes euphorisant.

Il y avait une caravane de 3 roulottes de Tziganes qui venait tous les ans dans un champ abandonné, non loin du « blockhaus ».
La première fois, je les regardais de loin, ils étaient étranges, vivaient à l'extérieur de leurs roulottes qui formait comme une étoile à 3 branches.
Au milieu crépitait un immense feu de bois.
Les Tziganes étaient assis à même le sol et parlaient à voix basse.
Une ribambelle de gamins courait et riait autour du feu.
J'étais fasciné.

L'un des gamins m'aperçut, il vint à ma rencontre et me parla dans une langue bizarre, mais avec des mots qui ressemblaient à de l'Espagnol. J'en comprenais le sens général, il m'invitait à venir jouer avec eux.
Ce qui me fascinait le plus, c'est qu'ils me fussent si semblables. Ils étaient crottés, mais pas sales, c'était de la poussière qu'ils avaient sur leurs visages et leurs corps, comme moi après une journée dans les champs.
Et puis leurs vêtements étaient comme les miens, misérables et rapiécés de partout.
Quand on est sale, crotté, pouilleux, on inspire parfois de la pitié, mais toujours de la répulsion.

Ils étaient plein d'énergie, j'étais sage car décontenancé.
Je ne mis pas longtemps à m'associer à leurs jeux.
Bientôt, je n'étais plus un étranger, j'étais des leurs.
Les femmes venaient toucher mes cheveux, de beaux cheveux blonds longs et bouclés.
Les hommes semblaient totalement indifférents, mais je surprenais quelques regards attendris, mais pas mouillés de cette pitié que je détestais tant dans le regard des adultes.

Une très vieille femme dans un coin, était assise occupée à manger dans une écuelle.
Elle m'appela et me tendis sa cuillère en bois pleine d'une mixture dont je ne put identifier le goût.

La vieille me prit la main, je me laissais faire sans comprendre.
Elle lisait dans ma main, mais son visage souriant exprima soudain comme une secousse intérieure. Je m'inquiétais de la voir si perplexe, mais elle me répondit simplement que j'étais un brave petit garçon.

Tard, je rentrais au « blockhaus ».
Ma mère était dans tous ses états, jamais je n'étais rentré aussi tard et elle avait couru toutes les maisons du voisinage pour trouver son fugueur de fils.
Je la rassurais, et lui expliquais la raison de mon retard, exalté et enchanté de mes nouveaux amis.
Ce fut pire. Elle me frappa pour la première fois, et la dernière, elle venait d'apprendre que son fils s'acoquinait avec des « voleurs d'enfants ». Un petit blond, c'est ceux qu'ils préfèrent.

C'est ce jour là que j'appris le mensonge.
Je retournais tous les soirs au campement, mais je rentrais à une heure raisonnable pour que ma mère ne se douta de rien.
Sans le mensonge, rien de grand ne pourrait se faire.

Ils sortaient parfois les guitares et violons, sans qu'aucun signe ne le laisse présager, sans convention établie, c'était spontané et sincère.
Et là j'étais l'extase personnifiée, la béatitude, j'étais Zen pour de bon.
Pas besoin de mage aux idées vénales derrière la tête.
Les moments les plus beaux sont toujours les plus simples, pas de spectateurs payants, pas de fans hurlants, la musique, la musique seule qu'accompagnait en mesure le rythme de nos cœurs.
Alors j'appris la guitare.
Je m'en suis payé une, bien plus tard.

J'appris aussi le sentiment d'exclusion.
Comme j'étais intégré aux Tziganes, j'étais aussi le seul. Aucune autre personne, enfant ou adulte ne leur adressait la parole, ils faisaient un détour pour éviter le camp, et par symbiose je partageais ce sentiment de rejet, cette vague d'ostracisme qui assaillait tout ce qui touchait de près ou de loin ces gens si chaleureux, accueillants, sans revendication et qui me recevait et me traitait comme un de leurs enfants parce que je le voulais bien. Je n'avais pas de peur, j'étais bien, je les aimais.
Je les rejoignais tous les ans.
Les départs étaient durs, j'avais envie de les accompagner, mais je ne voulais pas faire de peine à ma mère.
Les retours étaient une fête immense faite de tous petits détails de tendresse et d'émotions.

J'étais très gentil à l'époque, personne n'eut pu imaginer que je deviendrais cet affreux ignoble horrible aventurier balafré et pervers.

A sept ans, ma mère ayant réussi à alpaguer un maçon un peu plus sérieux que les autres, nous avons déménagé, et le maçon a construit un « bidon ville » (ou presque). C'était grand comme une coquille de noix (j'avais grandit entre-temps), et, de plus, nous étions 3 enfants.

Mon beau-père n'était pas tendre, et j'ai beaucoup dérouillé.
J'avais toujours tort dans les conflits traditionnels entre frères et sœurs, et je prenais toujours pour les autres. Je peux dire que je m'en suis pris des taloches, des beignes, des tartines, des baffes, des torgnoles mais rarement des claques, car derrière ces dérouillées, il y avait toujours un sentiment d'affection latente.
C'est peut-être là que ma personnalité a lentement mais sûrement changé.
Le pire, c'est que j'ai perdu la mémoire de mon « ego » « εγω » en Grec de toute cette période.
Heureusement, mon esprit a continué d'assimiler l'enseignement dispensé dans ces boîtes que l'éducation nationale a bien voulu construire et mettre à la disposition de nos enfants.
J'avais parfois du mal à concilier devoirs et travaux de maçonnerie ou autre menuiserie, sans parler des corvées d'eau que j'allais chercher à la fontaine pneumatique à l'autre bout de la rue, à l'aide d'une brouette grinçante qui me faisait attirer les regards des voisins au passage de cet équipage brinquebalent, humide, et pénible.

Je sentais encore une fois la pitié des autres se répandre sur mes épaules et ma nuque, j'avais la honte dans la caboche, mais je me raidissais, je fermais mon esprit, je devenais robot, et plus rien ne passait, ni dedans, ni dehors.
Et puis c'est devenu une habitude, une seconde nature, un blindage contre tout et tous.
Le problème c'est que je n'étais pas totalement idiot, et évidemment, ça a mal tourné.
J'ai commencé à devenir ironique.
J'ai cultivé l'ironie jusqu'à en faire mon arme invincible.
J'y ai ensuite ajouté la dérision et c'est devenu un laser.
Personne n'échappait à ma vindicte, ils y passèrent tous, et ça marchait si fort qu'on me redoutait, mais surtout me fuyait.
Et comme, ça, je ne le comprenais pas, le pire était à venir, car comme une pierre qui roule, j'amassais autour de moi les victimes de mon verbe, mais aussi leurs rancunes et même leurs haines.

Le destin qui n'a jamais en manqué d'imagination pour vous rendre l'existence excitante, allait s'occuper de mon cas.

Une famille de mécréants vint s'installer dans la rue à quelques maisons de la nôtre.
Leur maison, c'était une baraque en bois avec des trous vers le ciel et des cartons aux fenêtres.
Ils y vivaient à 8 dans 2 pièces.
Il ne se passait pas une semaine sans que les flics investissent les lieux manu militari, à la recherche de marchandises volées sur le port.

L'aîné traînait du matin au soir sur les docks, et malheur à celui qui fermait mal sa porte.

Bien sur le monde des dockers n'était pas un lieu de sinécure, cette profession foisonnait de types infréquentables et non recommandables, mais ils avaient leur loi du milieu et même leur tribunal.
Les flics évitaient de se montrer, ils ne faisaient pas le poids.

Tous les dockers s'appelaient entre eux par des pseudonymes.
Il y avait, bien sûr, « gueule de raie » à cause de son faciès plat, de ses petits yeux et de sa bouche en bec de lièvre.
« Pince à linge », lui, devait son nom à sa main droite qui n'avait plus que deux doigts.
« Bouddha » était un obèse dont la panse débordait largement de son pantalon.
« La marée » sentait si fort le poisson pourri qu'on s'en tenait à distance.
« Boulingué » avait une case en moins.
« La chique » ça se devine, crachait des glaviots aux couleurs brunâtres.
« Le Bihan » n'était pas grand.
« L'teigneux » fallait pas s'y frotter.
« Momo » c'était Maurice, tout simplement.
« Le balafré » avait une tronche sillonnée de l'oreille à la base du menton.
C'était pas des noms compliqués, juste un alias qui exprimait un trait de caractère ou une particularité physique, mais le surnom était toujours expressif et l'on savait instantanément de qui on parlait.

On volait, mais c'était en famille, leur grande famille, et le butin était toujours réparti selon des quotas bien définis.

Après un coup, ils se retrouvaient dans les bistros du port, et après quelques pintes, les négociations s'engageaient.
Gare à celui qui cherchait à dissimuler ou à détourner une prise pour son compte personnel.
L'information circulait vite et bien.
La bagarre était toujours prête à éclater, les surins et les crochets (qui servent à mouvoir les poucs de suie ou de céréales), étaient accrochés à la poche revolver ou au ceinturon, et la main l'appréhendait à la vitesse de l'éclair.
Les combats étaient titanesques, ces hommes qui travaillaient comme des bêtes de somme, étaient musclés comme des hercules, rustres et brutaux comme des minotaures.

Les blessures étaient toujours graves. Mais ils étaient costauds, les bougres, et s'ils n'étaient pas morts, alors ils se remettaient et leur vengeance arrivait inéluctablement.
La mort rodait et s'abattait parfois, comme si c'était normal, comme si c'était une délivrance.
Il n'y avait pas de remords ni de regrets, mais le plus souvent, la famille du crevé n'était pas abandonnée, et continuait de recevoir ses parts.
Quand on entrait dans la grande famille, on était protégé et assisté, à condition de respecter ses lois.
L'amitié, aussi était forte, et les fêtes démesurées. La loi était basée sur des valeurs sûres (mieux qu'à la bourse), la fidélité, le respect, la fraternité, la loi du silence et du piston. Bref des valeurs tout à fait

ordinaires et qui sont communes à tout rassemblement d'intérêts de personnes.

Tous les groupes d'intérêt sont basés sur les mêmes valeurs asservissantes, et seuls ceux qui à l'intérieur d'un groupe n'y croient pas et ne les respectent pas, en tirent un réel profit. Ce sont les chefs, les leaders, les meneurs, les directeurs de conscience.

Les partis politiques, les organisations religieuses, les sectes, les syndicats, les groupements professionnels, les associations, les fratries etc…

Bien sûr c'est plus compliqué qu'ça, car un même individu peut appartenir à plusieurs castes simultanément, mais ce sont, au bout du compte, toujours les mêmes qui trinquent, et les mêmes qui consomment.

L'aîné des frères Garret était un affreux.

En plus, il avait décidé d'imposer son hégémonie sur mon territoire.

Profitant de son âge et de sa force, il terrorisait les gosses du quartier et jouait les caïds.

J'attendais qu'il s'en prit à moi, mais il semblait hésiter.

Après tout j'étais le meneur dont il voulait prendre la place.

Au lieu des jeux innocents, il organisait des combats dont le vainqueur recevait des cigarettes, des couteaux, des fringues volés sur le port, Il pourrissait notre jeunesse et cherchait à imposer son influence comme pour mieux recruter ses futurs complices.

J'observais ses manœuvres de loin, j'essayais d'user de ma propre influence pour détourner les gamins de son attirance.

Au lycée, 2 copains suivaient des entraînements de judo et de karaté, le soir, ils adoraient me montrer ce qu'ils avaient appris, et j'apprenais ainsi un peu de ces arts martiaux ; j'utilisai cette connaissance pour la transmettre à mon tour à mes petits potes de la rue.

Comme ils semblaient attirés, en outre, par le danger, j'inventais un jeu périlleux ; j'avais dessiné des cibles sur des morceaux de cartons, et le jeu consistait à lancer à l'adversaire une fléchette (du jeu anglais 'darts') en visant le corps de l'adversaire à 10 m, qui devait intercepter la fléchette à l'aide de son carton, et l'on comptait les points recueillis de cette façon. Le visage ne devait pas être visé, mais comment être jamais certain du trajet de la fléchette. J'inventais une variante encore plus dangereuse ou nous jouions à trois avec 2 fléchettes. C'était assez excitant, et nous jouâmes à ce jeu pendant plusieurs jours, jusqu'à ce qu'une fléchette vienne se planter dans la paume de ma main droite, la traversant comme si c'était du beurre. J'en restais coi, considérant la fléchette qui ressortait au dos de ma main. Celui qui avait lancé était muet, atterré, sidéré de ce qu'il venait de faire. J'arrachais enfin la fléchette de ma main, et m 'empressait de rassurer le gamin dont le teint avait pris une drôle de couleur terreuse,

« C'est pas d'ta faute, c'est moi qu'est inventé ce jeu de con ! »

Malgré le déploiement de tous ces efforts pour retenir dans mon sillage tous ces gamins, ils continuaient, pour la plupart, de se laisser séduire par le côté viril et les manières brutales du gangster. Et puis ça les intéressait, car ils jouaient ainsi sur les 2 tableaux, comme des consommateurs qui cherchent la meilleure offre. J'entrepris alors de démolir ce salaud par les mots. J'inventais des histoires le concernant, j'utilisais mon ironie pour décrédibiliser le voyou, j'en rajoutais, et j'arrivais même à faire rire les gosses sur lui.

Un gamin plus culotté que les autres, plus provocateur aussi, reporta mes critiques au bandit.

Il se sentit alors obligé de me régler mon compte, il ne pouvait ignorer plus longtemps ma présence sans ternir sa belle image et passer pour un dégonflé.

J'étais plus petit que lui et plus jeune, mais je pratiquais intensément la gymnastique, et mon corps frêle dissimulait, en fait, une force et une énergie peu commune.

En quelques secondes, le grand chef gisait à terre, ensanglanté et piteux.

Je ne roulais pas vraiment des mécaniques, je savais que j'aurais toute sa famille après moi, et qu'il deviendrait plus dangereux et plus sournois.

Mais, sans que je sache pourquoi, il se releva et me tendit la main.

« T' es l'plus fort et l'premier à m'mettre à terre, t'es un sacré champion ».

Je soupçonnais que cette reconnaissance cachait des tonnes de rancune malsaine.

Mais j'apprenais le vrai sens du mot vanité, je me rendais compte qu'un mot traduit en fait tout un tas d'émotions réelles, je faisais de la sémantique sans le savoir. Je rougissais, j'adrénalinais, je me sentais grand et fort. Je devenais un Con.

Pendant ce temps, mais je ne l'appris que bien plus tard, Sartre enseignait au Havre et se posait des tas de problèmes existentiels, et Vian se pavanait sur la côte dans sa rutilante bagnole, claquant son fric au bras de jolies filles.

Tu l'avais deviné, ce qui devait arriver arriva.

A quelques temps de là, l'aîné des frères Garret m'attendait au bout de la rue à mon retour du lycée.

Lycée dans lequel des profs, apathiques et absents (au sens propre comme au figuré), nous enseignaient tout ce que l'on doit absolument savoir afin de ressembler à tout le monde.
L'uniformité, la classification, la moulification, la standardisation voilà bien le secret de notre merveilleux système éducatif.
Faire de nous des machines, des petits soldats marchant au pas, des employés besogneux et silencieux, mais surtout calibrés, suivant des étalons standards définis par des pauvres types, qui vivent dans leur petit costume (pour moi, même le jeans est un costume, il est une convention vestimentaire comme les autres, et les hippies, de ce point de vue là, aussi, sont hyper conventionnels. Et puis il suffit de regarder la mode pour s'en convaincre), leur petite vie peinarde et fonctionnarisée, s'échinant à accumuler les points de retraite.
« Quel diplôme avez-vous ? »
Autrement dit « Quel calibre mesurez-vous ? », et si on a rien, alors on est personne, nemo, nada, néant, hors jeu, hors la loi, sauf......... oui, sauf si on a de la fortune. Avec de l'argent on est toujours quelqu'un, quelqu'un de bien, de respectable, respecté, sollicité et craint.

La peur.
Voilà le moteur à combustion hyper atomique de notre Société.
Peur de quoi ?
Peur de tout.
Peur du prof, peur du flic, peur du banquier, peur de la maladie (Oups ! c'est un pléonasme), peur de la

vieillesse, peur du jugement des autres, peur des impôts, peur de prendre la parole, d'exposer ses propres idées, donc peur du ridicule, de passer pour un con.

Moi, mon moteur, c'est la rage.
Rage de vaincre, de plaire, de séduire et d'influencer, et puis rage de gagner des sous.
J'ai pas peur des sous, du fric, du blé, de l'oseille, du flouze………….. mais je m'égare, je me laisse emporté par mes émotions et mes préjugés, une fois de plus.

Donc le caïd m'attendait.
« J'ai un truc à t'dire mec. »

« Ouais »

« Tu sais, toi tu m'bottes bien, t'as pas peur, t'es déjà un homme. »

Cet abruti me reprenait où il fallait pas, ma jeune personne, même pas formée, suçait sa flatterie comme des bonbons caramélisés.
Je voulais me méfier, l'envoyer balader avec ses friandises verbeuses, mais c'était plus fort que moi, je voulais savoir, savoir la suite, j'attendais mieux, je savais que j'étais pas du pipi d'chat, de la roupie de sansonnet, que j'étais un crac, un dur, mais je voulais plus, parce que je voulais le meilleur.
Comme si ma vie pouvait devenir meilleure grâce à ce mécréant ?

« Ecout', mec, tu sais j'me fais pas mal de blé en c'
moment, j'ai des chouettes combines, et pi du sûr, pas
d'danger. »

«   ? »

« tu m'suis ? »

« Où ? »

« Mais non banane, j'veux dire : tu piges ? »

« Ben ….. ?»

« Bon écout', moi j'm'fais pas chier, j'ai trouvé un
pote qui bosse au port, lui y peut pas y toucher vu
qu'il est docker, alors y'm'file des tuyaux, et moi
j'm'occupe du reste.
Tu m'suis ? »

« Ouais , ouais »

« Tu vois, c'est du sûr, pace'que c'est lui qui m'dit
où, et quand, et y laisse la porte ouverte »

« ? »

« Tu m'suis ? »

« Ouais, ouais »

« Ouais j'savais bien qu'tu pigerais vite. T'es un caïd
toi mon pote »

« ☺ »

« Bon , alors écout', y en a tel'ment que j'peux pas tout ramasser tout seul.
E toi t'es costaud, tu m'l'as prouvé »

« ☺ »

 « Tu m'suis ? »

« Ouais, ouais »

« Bon, alors t'es d'ac ? »

« ? »
« ? »
« ? »
« ? »
« ? »

« Bon , alors écout', y'en a un pour dmain soir, faudrait qu'tu soyes là à huit heures pétantes »

« Où ? »

« Ben ici, banane…. A la place qu'on cause.
Un pote à moi qu'a une tire viendra nous cueillir ……… OK ? »
Il m'exaspérait avec ses « bananes », je commençais à voir jaune.

J'étais pris dans le piège, je ne me sentais pas la force de refuser, de rechigner. Et puis j'avais une occasion unique de m'émanciper, de montrer ce dont je suis capable, de devenir un dur pour de vrai. Mais est-ce que ça n'allait pas trop loin tout ça ?

« Alors, OK ? »

J'entendis une petite voix de gamin toute contrite qui
disait :
« OK »

« A d'main 8 heur »

Il s'éloignait déjà, roulant des mécaniques.
J'avais envie de pleurer et de rire.
Je ramenais sur moi ma carapace, je bloquais tout,
j'arrêtais de penser, de respirer, j'étais robot.
Je rentrais chez moi.

Donc, à 20 h, me voici sur le bord du trottoir, flanqué du caïd.

Il me réconfortait.

« t'inquiètes, tu vas voir, y va v'nir »

Il me l'a bien seriné 20 fois, à croire que c'est lui-même qu'il réconfortait, parce que moi, je ne demandais que ça, qu'il ne vienne pas.

Il est arrivé vers 20h15 dans un équipage qui n'avait de voiture que le nom.

C'était un compromis entre la poussette, la brouette, le char à bœuf de nos ancêtres, et la 4L.

Elle était de toutes les couleurs, pas des couleurs qu'on souhaiterait sur les murs de son chez soi, non, des couleurs de pisse. Chaque portière, chaque pare-chocs, chaque pièce était disparate, de la récup de casse.

Il n'y avait aucun siège passager, il fallait pénétrer dans ce bazar ambulant par le hayon arrière, et s'asseoir à même le plancher.

Lui, il avait une tronche impossible, quelque chose de Charles Bronson croisé avec un chimpanzé.

Il avait un clope roulé qui lui pendait aux lèvres, et je n'ai jamais connu le son de sa voix.

On est descendu sur le port.

On pouvait pas se causer, à cause du bruit, des trépidations, des secousses, du roulis dans les virages, et des pertes d'assises aux freinages et démarrages.
On a fait vite, on a chargé tout ce que le coffre pouvait contenir de ballots, de cartons, de sacs. On choisissait pas, on prenait ce qui nous tombait sous la main.
Le caïd a murmuré quelque chose à l'oreille de la bête qui nous servait de chauffeur, puis il m'a rejoint.
« Nous, on s'rente à pinces »

J'étais persuadé que la chignole ne pourrait jamais repartir avec un tel chargement, mais le tacot a toussoté, sursauté, embardé, et a fini par disparaître de notre vue dans un écran de fumées noires.

Nous nous dirigeâmes vers le quartier des bistros.
« On a b'soin d'un r'montant' » me dit le chef.

Lorsque nous pénétrâmes dans les lieux, je ne distinguais rien tant la fumée était dense. Une odeur de poissons rances m'envahit les capteurs olfactifs, et je vacillais.
Le caïd me prit le bras et m'entraîna vers le comptoir.
La foule des dockers était compacte et vociférante, mais ne donnait pas l'impression de s'intéresser à nous.
Je ne me sentais pas à l'aise du tout.
deux demis beugla-t-il à l'attention de la grosse bonne femme qui servait de serveuse.
Rien ne se passa. Il n'était pas plus connu de ces lieux que Lacan ou que moi.
La petite frappe se sentit frustrée qu'on l'ignora devant un sous-fifre. Il se haussa sur les renforts latéraux du comptoir et happa le bras de la mégère.

C'était une erreur fatale. A peine avait-il esquissé son geste qu'un balaize d'au moins 100 kilos lui alpaguait le cul du jeans. Il le tira d'un coup, et le caïd se trouva par terre avant d'avoir compris ce qui lui arrivait.

Sans qu'il eut à faire le moindre effort, il se retrouva prestement en état d'apesanteur. Le gros l'avait cueilli comme un vieux chiffon froissé, et le tenait maintenant à 20 cm au-dessus du sol.

« Toi, tu touches pas à Maâme, t'as rien à foutre ici, et tu vas t'casser vite fait avant que j' te brise »

Tels étaient les mots sibyllins que prononça le mahousse.

Il lâcha sa prise, qui chut comme une bouse sur un pré.

Le caïd se releva péniblement.

« Mon pote qu'es là, y va t'casser la gueule » hurla-t-il hystériquement en me désignant de son doigt vengeur.

Le gros éclata d'un rire gargantuesque, et sa glose communicative enflamma aussitôt la rustre assemblée.

Il vint vers moi en se tenant les côtes.

« Alors c'est toi le mioche qui va m'dérouiller ? »

Je reculais devant la montagne tel David devant Goliath, mais moi je n'avais pas apporté ma fronde. Innocemment, je l'avais oubliée.

« Viens là que j'te mette une bonne torgnole ».

Il lança son bras pour m'attraper.

Je n'eus pas le temps de réfléchir ni de calculer, seul un cinquième de hanche pouvait me sauver d'une raclée imméritée.

Je captais son bras, me glissais, tel l'éclair, sous sa monstrueuse masse, et, utilisant sa propre énergie, je basculais en tirant de toutes mes forces sur son bras, accompagnant le tout d'un mouvement de la hanche.
Le monument fut victime de son propre élan, et déséquilibré par la vitesse il me survola avec grâce et désinvolture, ça parut si facile, on aurait put croire que nous avions répété un numéro à l'attention de la docker assemblée. Il atterrit sur le dos comme un pachyderme qui s'essayerait au saut périlleux.
La salle devint soudain silencieuse.
Seule la patronne s'affairait au bigophone.
J'étais figé comme une gelée de groseilles gelée. Je ne savais que faire et n'oser bouger, je retenais ma respiration, un peu comme tout le monde. On sentait qu'il se passait quelque chose qui n'était pas dans l'ordre des choses, et comme dépassé par l'instant on attendait que le film se repasse au ralentit.
Seul le caïd osa prononcer à voix très basse, mais j'ai l'oreille fine,
« J'vous l'avais bien dit qu'mon pote y l'allait lui casser sa gueule »

Le gros gigotait faiblement à terre, il avait comme une petite fleur rouge, un pavot, peut-être, à la commissure des lèvres, et on entendait que sa respiration sifflait comme forge qui s'éteint.
Au bout d'un long moment, un docker se décida à approcher le mammouth. Il lui prit d'abord la tête, mais comme l'autre se mit à râler, il le reposa in petto.
Des mouvements discrets se faisaient vers la sortie, dans un silence d'église, comme des bigotes qui quittent le saint lieu à petits pas péteux après s'être répandues à la grille du confessionnel.
Puis la forge s'éteint définitivement.

Le même docker s'approcha du gisant, comme illuminé d'une révélation.

Avec des ahanements il retourna péniblement le mastodonte.

Un bruit à l'unisson se fit entendre, comme un murmure de chant grégorien, avec un soupçon d'étonnement, et un zeste de consternation, toutefois.

« OOOOOH ! »

Le gros avait le manche de son croc qui dépassait de son dos. En tombant, le crochet l'avait pénétré avec une pression égale au poids qu'il avait exercé sur l'outil.

Puis tout se passa très vite.

Les flics arrivèrent, sans discrétion, on me désigna, on me menotta, puis l'on m'entraîna dans le panier à salades.

Au commissariat, j'étais l'objet de toutes les interrogations, de toutes les suspicions, et de tous les étonnements.

J'étais robot.

« Ca peut pas êtes lui »

« T'a vu comme y l'est gros ? »

« Y pourrai pas soulvé une tabe ….. »

« J'pari qu'y l'est pusso »

« …….. »

Bientôt, un type qui avait l'air d'un chef arriva.

« Où est l'assassin ? » demanda-t-il péremptoire.

L'assassin fut désigné d'un simple signe de tête.

Le chef eut comme une lueur d'incrédulité dans son regard de fervent pratiquant alcoolique. Son teint était rouge, couperosé comme une tomate trop mûre.

Il devait montrer qu'il était le chef, montrer qu'il tenait la situation en main et qu'il n'avait peur de rien ni de personne, surtout pas d'un assassin aussi malingre. Il s'approcha vivement de moi et me gifla sans retenue. Sa bague me fendit le nez en deux. Le sang devait lui procurer une extase sans fin car il revint à la charge.

Je tombais sur le sol et la lumière s'éteignit.

Je voyais des fantômes, des entrelacs de fantômes, qui dansaient une farandole au-dessus de ma tête.

Certains avaient comme un visage que je croyais reconnaître, mais avant que je ne mette un nom dessus, ils changeaient de faciès et de forme et s'estompaient en glissant, esquissant un mouvement déambulatoire de danseur ivre.

C'est la douleur qui revint en premier se signaler à ma conscience.

Non, pas une douleur, mais des centaines de douleurs, on m'avait introduit des couteaux dans les joues, on m'avait posé une altère sur le nez, et des poids sur tout le reste du corps.

Je voulais ôter cette altère de mon nez, mais je ne pouvais pas. Mes poignets étaient attachés aux montants du lit. Mes pieds aussi. Je ne voyais rien. Je devais être aveugle, et la douleur de mes yeux, c'était sûrement qu'on me les avait crevés.

Combien de temps suis-je ainsi resté à compter mes maux ? A replonger dans une inconscience salvatrice, puis à m'éveiller encore, avec cette horrible souffrance.

Je ne sais pas.

Ma pensée ne m 'apportait aucun indice sur ce qui m'arrivait, était-ce un cauchemar ? mon beau-père m'avait-il dérouillé ? Rien, je ne me souvenais de rien.

J'ai su que je n'étais pas aveugle quand l'aube pâle du petit jour a commencé de se faufiler par les interstices des barreaux de ma minuscule fenêtre.

Je me sentis un peu soulagé. Pas pour longtemps, les douleurs ne me faisaient pas de cadeau, et reprenaient de plus belle.

La nuit est revenue.

C'est à ce moment que j'ai senti une présence.

Un type est venu et, sans grand ménagement, m'a relevé la tête. Il m'a d'abord donné à boire.

Les paroles de Brassens me revinrent en mémoire sans que j'ai à y penser,

« Elle est à toi cette chanson.. »

C'était de la reconnaissance à l'état pur.

Puis il essaya de me faire manger quelque chose qui ressemblait à du ciment dans lequel on aurait oublié de mettre de l'eau.

Il n'insista pas. La porte se referma derrière lui dans un bruit de ferrailles.

Je crois que je pleurais.

C'était la première et l'avant dernière fois que je pleurais, la dernière fois ce fut à la mort de Brassens.

Le lendemain, j'allais un tout petit peu mieux, sauf que, maintenant, c'était mes poignets et mes chevilles qui, en plus, me blessaient.

Un type en blouse blanche, un infirmier, pénétra dans la pièce, accompagné de 2 autres gars en tenue de guichetier.

« Il faut lui ôter ses liens » dit le secouriste.

« On peut pas, il est trop dangereux » Répondit l'un des gardes chiourmes.

« Vous rigolez ? » Interrogea le sauveur.

« Il a tué un homme à coups de couteaux » Laissa tomber le deuxième garde chiourme.

« Et un géant, en plus, un docker qu'était trois fois plus grand que lui et qu'était redouté de tout le monde » affirma le premier, pour mieux convaincre l'homme de médecine.

« Et c'est lui qui l'a mit dans cet état ? » s'enquit le pharmacien, contemplant mes ecchymoses.

Commencèrent alors de longues palabres, suivis d'un interminable conciliabule, en conclusion desquels il fut conclu que l'on m'ôterait les liens un par un, mais pas tous ensembles. C'était à prendre ou à laisser.
Je reçus les premiers soins.
L'infirmier revint tous les jours.
Il me posait des tas de questions que je laissais sans réponse, mais je sentais qu'il n'en attendait pas vraiment.
Il finit par obtenir qu'on me délivre de mes entraves une fois pour toute.

Puis quand ça a été mieux, ou peut-être que ça n'a pas de rapport, on m'a sorti pour m'emmener au tribunal.

Le Président, ses juges, ses assesseurs, sa secrétaire, les jurés, les avocaillons, les témoins, ils ont tous conclu à la même conclusion : meurtre avec préméditation, mais sans mobile. J'avais tué le docker par derrière, par surprise, de plusieurs coups de couteaux, il y avait de nombreux témoins, et mon mutisme passait pour un aveu.
Le caïd ne se montra pas.
L'honneur du brave homme était sauf. Sa famille garderait la tête haute, la tribu des dockers aussi.
Je rejoignais ma cellule.

J'étais bien dans ma cellule, robot sans âme, anachorète sans passion, sans besoin autre que manger et dormir.
Les semaines passèrent.
J'étais à l'abri du monde sournois, lové dans mon autisme, j'étais hors du temps et des conflits, pas de télé pour abrutir et gaver mon « ego » tout neuf, préservé des humains et de leurs vices, je me conservais l'innocence et la candeur de l'enfance.

Je me remémorais les circonstances du drame, le procès, je revivais mes meilleurs moments, dans l'intimité chaleureuse des Tziganes, j'écoutais leurs guitares, leurs violons et leurs chants, je me réchauffais aux flammes de leur grand feu de bois, et à la complicité de leur convivialité si naturelle.
Je refusais les sorties, et n'acceptais que les visites, très espacées, de mes frères et sœurs, qui se passaient le plus souvent en silence, avec quelques rares échanges de regards.

Ils me connaissaient, eux, ils savaient que je ne suis pas un assassin.

Et puis, un jour, je reçus la visite d'un échalas portant lunettes et moustaches, cheveux gominés et sous le bras un petit porte document, qui aurait pu contenir ses mouchoirs.

C'était un psy qui s'intéressait à mon cas.
Il le faisait de son propre chef, il n'avait pas besoin de mon approbation, ni même de ma réprobation.
Il prit d'autorité la seule chaise de la cellule.

J'étais allongé sur ma couche à son intrusion, maintenant, j'étais assis sur le bord du lit, vaporeux, silencieux et interloqué.
Il profita du rapport de forces qu'il venait de mettre en scène, et attaqua directement son sujet, c'est à dire moi.

Et l'homme de l'art s'exprima.
« Mon petit, je dois vous dire que nous considérons (il était seul, pourtant) votre cas comme très grave.
Vous êtes très jeune, mais vous avez commis des actes d'une gravité telle, que nous nous devons de comprendre vos motivations personnelles et intrinsèques afin d'en tirer des conclusions scientifiques et médicales préventives. »
 Il parlait d'une voix grave et pontifiante. Il jouait avec ses lunettes, il les mettait puis les retirait, puis en suçait les branches tout en parlant.
« Comprenez-moi bien (je n'entravais que dalle), votre cas est si désespéré que nous n'espérons pas vous thérapeutiser (y devait pas êt'e Français ce con), non, nous souhaitons ces conclusions pour prévenir

d'autres adolescents de devenir comme vous, les prémunir du mal qui vous hante. »

Je cherchais les fantômes que j'avais entraperçus le premier jour dans ma cellule, mais rien.

Une pause, il me scrutait.

A quoi pouvait-il bien penser ?

« J'ai apporté là (désignant son porte mouchoirs), un petit questionnaire très simple que nous allons remplir ensembles. »

Il farfouilla dans sa besace, et en sortit quelques feuilles de papier imprimé.

Ainsi donc, ce n'était pas un sac à tire-jus.

«Vous allez voir, c'est simple, je vous donne un mot, et vous, vous me dites à quoi ce mot vous fait penser.

Par exemple, si je vous dis : 'tortue', vous pouvez me répondre 'lenteur', ou, 'animal'. »

S'il faisait les demandes et les réponses, ça devrait bien se passer, pensais-je.

« Bon, commençons par : 'bateau ' »

Je le regardais, incrédule, stupéfait qu'un humain eut ainsi le droit, le culot, aussi, de m'envahir, de me gâcher l'état de grâce dans lequel je végétais avec tant d'abandon et de plaisir.

Un long silence vint peupler le vide de mon absence.

Le moustachu devait se sentir gêné, car il entreprit de plus belle.

« Voyons, mon petit, ne me dis pas que le mot 'bateau' n'évoque rien pour toi » Sa voix avait pris une intonation beaucoup moins grave.

Le passage en mode tutoiement devait être un truc à lui, une astuce pour établir la connivence indispensable à ses manigances, à moins que ce ne fut une manière de définir sa supériorité.

Il en fallait plus pour ébranler un robot.

L'homme à lunettes revint à la charge,
« Ecoutes, mon petit, tu ne devrais pas être en prison à
ton âge, tu devrais être en 'maison de redressement',
tu auras des camarades, du temps libre, des
occupations, et même de l'instruction, alors fait un
effort si tu veux que l'on t'aide. »
Sa voix se voulait trèèès convaincante.
Ainsi il dévoilait ses batteries, ses intentions sous-
jacentes, ses ambitions, le grand but de sa triste
carrière, ramener dans le droit chemin l'enfant perdu,
le rééduquer, se faire un nom grâce à son acte et sans
doute se faire du fric en percevant quelques subsides
des fonds publics pour son établissement correcteur
de mômes.
Moi, à la maison, j'en recevais des corrections, mais
la maison dont il parlait, c'était autre chose, le caïd,
qui y avait séjourné, m'en avait touché deux mots.
C'était un endroit à ne pas mettre les pieds. Je
réfléchissais à toute allure, je me dis que mon silence
pouvait être interprété comme une faiblesse et qu'il
valait mieux décourager le bonhomme de toute
velléité de bienfaisance à mon égard. Je fis un signe
de la tête (j'opinais du chef, si tu préfères), il comprit.
« Ah ! je vois que tu sais où est ton intérêt.
Bon alors on y va.
'Bateau' ? »
Il fallait faire fort, le décourager pour jamais.

« Coulé, sombré, sabordé, ouragan, naufragés, noyés,
macchabées »
Une crevasse de la taille du 'Grand Canyon' barra
soudain son front d'esthète.
Son œil, interlope, plongea vers le sol. Souhaitait-il
réfléchir, ou bien, éprouvait-il un soudain besoin
d'échapper au mien ?
Il griffonna quelques mots rapides sur son calepin.

Non sans efforts, il releva son front crevassé.

« Très bien, mon petit, très bien. » Il cachait mal son émotion. Pour un psy, ça, c'était un psy.
« Voyons, maintenant, si je te dis : 'bicyclette' ? »

 Sans hésiter, je lançais
« Crevaison, casse-gueule, vol, roupettes »
Dans le fond, il était facile son jeu, il suffisait de pressentir ce que l'autre interpréterait de l'association, pour l'embarquer où on le souhaitait.
Il gribouilla encore son calepin.   Ecrivait-il une recette de cuisine ?
Son front avait pris 20 ans d'un coup, il transpirait, et des gouttelettes perlaient en respectant la ligne de crête de son nez. Quand elles arrivaient au bout, il les cueillait vélocement de l'extrémité de son index. Des fois, il les ratait, et ça faisait une petite tâche sombre et humide sur le sol, ou sur son pantalon, cela dépendait de sa position à cet instant.
C'est fou comme on peut se souvenir de petits détails, mais le moment devait en fait, être plus intense que je ne le vivais.

« On va encore essayer » dit-il, mais cette fois, sa voix avait perdu toute conviction, c'était un filet de voix, elle avait, sentait-on, du mal à frayer son chemin le long de sa glotte.
« Si je dis : 'couteau' ? »

Il rusait, le malin, il attendait, peut-être, que je réponde « c'est un crustacé que l'on pêche dans le sable » pour me rattraper, gagner ma place dans sa maison de poupées.
« Boucherie, découpages, tueries, sang, flaque de sang, égorgé, balafré, estropié … »

Il m'interrompit d'un geste de la main.
Il se leva, recula en tremblant.
« Ca suffit, vociféra-il, j'en ai assez entendu »

Il frappait la lourde porte des deux mains pour qu'on lui ouvrit.
Un papier échappa de son sac à malices et vint se poser doucement sur le sol sans faire plus de bruit qu'une feuille morte sur un tapis de mousses.
Il disparut comme par enchantement, j'en fus enchanté.

Assis, je relisais son papier.
Le cochon avait sauté un bon nombre de mots entre 'bicyclette' et 'couteau'.
Dans la marge, conçue à cet effet, il avait griffonné :
'Refus de coopérer' 'Replis sur soi' ' rejet des autres et de l'autorité' 'Tendances morbides' et d'autres gentillesses que je ne parvenais pas à décrypter.
On voyait bien que cet homme là me portait dans son cœur.

Pendant les jours qui suivirent, les gardiens, qui s'étaient habitués à mon passéisme, redevinrent un peu teigneux envers moi, mais ce ne fut que de courte durée.

A quelques temps de là, revenant d'une visite au parloir, le gardien me précédait et j'aperçus à terre un livre qui traînait. Je le cueillais prestement et l'enfouis dans ma veste.
Je lus le titre une fois dans mon cagibi, « les chansons de Byllitis » de   Pierre Louys. Je dévorais l'ouvrage.
Je n'avais rien d'autre et le lus donc plusieurs fois.

Sur le dos de la couverture, il était inscrit que ce livre appartenait à la bibliothèque de la prison.

Le lendemain, je demandais au gardien de m'emmener à la bibliothèque.
Il était possible d'emprunter un maximum de 3 livres à la fois. Systématiquement, je pris les 3 premiers ouvrages de la première rangée de la première étagère. Puis les jours, les semaines, les mois suivants, j'empruntais les ouvrages avec la même systémique, toujours les 3 suivants.
Je lisais ce qui me tombait sous la main, philo, romans, essais, bouquins destinés aux étudiants (droit, maths, sciences, psycho, bio, géo, histoire …), voyages, contes, quelques BD …. Et même quelques livres en Anglais qui traînaient là par hasard. Je ne comprenais pas forcément ce que je lisais, mais je le faisais avec patience et rigueur. Ma mémoire endémique, mais sélective, enregistrait sans jugement préconçu.
La salle qui servait de bibliothèque n'était pas très grande et tout en longueur. Elle était toujours déserte, sans chaise ni table. Le bibliothécaire, cerbère de ces lieux, était un petit homme malingre au teint hépatique, au crâne presque chauve, avec des petits yeux verts qui étaient en perpétuel mouvement. Il tenait à jour un petit cahier sur lequel il notait scrupuleusement les titres empruntés et les dates. C'était un co-détenu qui avait accepté cette occupation, d'une heure tous les jours, pour passer le temps.
Nous finîmes par converser.
Il se montrait intéressé par ce client qui lisait 3 livres chaque jour et qui avançait sur les rayonnages sans discernement apparent dans ses choix.

Il ne m'apprit pas grand chose lorsqu'il m'avoua que nous étions fort peu nombreux à hanter son commerce.

Les autres rares détenus à lui rendre visite, empruntaient un livre qu'ils choisissaient en prenant leur temps et qu'ils ramenaient, parfois, après plusieurs semaines.

Je le surnommais le « Libraire » car je trouvais le mot « bibliothécaire » trop long et trop pompeux.

Il m'apprit également que la bibliothèque était alimentée par un psychologue, visiteur de prisons bénévole, qui récupérait des livres, destinés au pilon, auprès des éditeurs.

Le libraire ne purgeait pas une peine, aussi invraisemblable que cela puisse paraître, il était là de son propre chef.

Il était là pour se protéger de lui-même et des autres.

Le libraire était l'un des plus grands faussaires de tous les temps, il avait un don extraordinaire pour reproduire à la perfection les toiles des plus grands maîtres de la peinture.

Son talent lui avait valu la gloire et la fortune, mais aussi bien des déboires.

Il avait eu la malchance de tomber entre les pattes de malfrats indélicats qui l'avaient exploité pour leur propre compte.

Ils l'avaient séquestré et brutalisé, torturé l'obligeant à peindre des Matisse, Gauguin, Picasso, Giorgio de Chirico, Cézanne, Monet, Manet, Dali, Goya, Courbet, Corot, Millet, Fragonard, Géricault et tous les autres.

Maurice avait pu s'enfuir grâce à un stratagème qui lui prit quelques temps à mettre au point. Travaillant sur un tableau du peintre Hollandais Van Ruysdael, il demanda de la poudre de cobalt pure pour un reproduire un bleu à l'ancienne. Les tortionnaires ne trouvant pas ce produit, ils finirent par le laisser y aller lui-même. Il en profita pour se rendre au poste de police le plus proche. Les nombreuses ecchymoses, le doigt de pied coupé et encore sanglant, convainquirent les agents de l'ordre public.

Maurice, un jour, m'intercepta dans sa bibliothèque et me mit devant les yeux quelques feuilles de papier dessin et des crayons de couleurs.
« Ca te dirait d'apprendre quelques trucs ? »
« ? »
« Tiens, par exemple, dessines-moi un bateau »
J'avais trop d'estime et trop besoin du bonhomme pour lui refuser quoi que ce soit !
Je dessinais un bateau comme le font les enfants qui n'ont jamais appris.

« Ouais, c'est bien ce que je pensais, y'a du boulot !! »

Et Maurice entrepris de m'apprendre à dessiner.
Quelques semaines plus tard, j'étais capable de dessiner un portrait fidèle d'après n'importe quel modèle et qui paraissait tridimensionnel.
Je m'entraînais dans ma cellule entre deux lectures.
Mes progrès étaient fulgurants et impressionnants.
Maurice m'apporta une poignée de pinceaux et des palets d'aquarelle sèche.
Tout était à recommencer ! Je m'aperçus illico de la difficulté de passer du dessin à la peinture.
Mes essais étaient si décevants qu'ils me mettaient en rage. Je déchirais mes esquisses pour qu'elles ne puissent être vues par personne.
Mais Maurice était pugnace et patient.
Il continua son enseignement avec détermination et professionnalisme.

J'appris à classer les couleurs, tout le 'B' 'A' 'BA' des primaires, secondaires, tertiaires, chaudes et froides, puis à reprendre tout ce qu'il m'avait appris avec un esprit critique et contradictoire ; les froides sont chaudes et vice versa, les primaires peuvent devenir les tertiaires etc ….
Sans que je m'en rende vraiment compte, Maurice me fit passer de l'aquarelle à la gouache, puis à l'huile.
J'avais un sacré coup de pinceau !

Plusieurs mois plus tard, le Libraire me confia qu'il avait parlé de moi au visiteur en question, que nous appellerons Max, par respect pour son anonymat et son humilité.
Max, que mon histoire et mon béhaviorisme avaient interpellé, avait prié le Libraire de lui servir d'intermédiaire pour susciter une rencontre avec ma petite personne.

Le Libraire me faisait l'article,
« Tu verras, c't'un bon gars, pas prétence du tout, sapé en jeans, avec des tifs de gonzesse, et pis, y veut pas t'forcer, y l'a dit que ça s'ra quand tu veux, quand tu s'ras prêt.»

Au fil des jours, le Libraire me rebranchait sans hâte sur le sujet.
« Alors p'tit ? c'est quand qu'tu veux bien l'voir Max ? »

Je fini par craquer, mais je crus bon d'y mettre quelques conditions, Max ne devrait pas me parler de mon passé, ni chercher à me convaincre d'aller en maison de correction.

Le Libraire transmit donc les conditions qui furent acceptées, et bientôt, la rencontre devrait avoir lieu.

Max avait réussit à réquisitionner la bibliothèque pour organiser notre première rencontre. C'est donc au milieu des auteurs connus ou inconnus, bons ou médiocres, passionnants ou chiants que se déroula l'entrevue. Exceptionnellement, la bibliothèque avait été pourvue d'une table et de 2 chaises.
Le Libraire n'avait pas menti, Max était plutôt sec, jeans et polo, l'air décontracté et avenant, les cheveux aux épaules et un regard brûlant d'une fièvre que je devais, plus tard, mettre au compte de sa passion altruiste désintéressée.
Nous nous scrutâmes pendant de longues secondes, sans animosité, mais avec cette curiosité qu'engendre le fait d'avoir l'impression de se connaître déjà par personne interposée. Le Libraire avait dû me décrire en quelques mots expressifs.

Max jeta les dés le premier.
« J'pensais pas que tu étais aussi large des épaules. Tu es Breton ? »

« Oui » répondis-je, en pensant que le bougre avait une certaine intuition.

« Comment tu entretiens ta forme ici ? »
Il parlait avec simplicité, sans faire d'effet littéraire dans ses phrases et sur un ton à la fois doux et

intéressé. Rien de comparable avec le psy que j'avais
vu la dernière fois.
Ca me plut.

« J'fais des exercices dans ma cellule, avant d'être ici
j'faisais partie d'un club de gym. »

« D'après Maurice (le Libraire), tu prends les
bouquins les uns après les autres et t'en lis 3 par jour.
Est-ce que c'est vrai ? »

« Oui » Je ne savais pas que le Libraire s'appelait
Maurice.

« Mais ça n'te gêne pas de mélanger tous les genres
en même temps ? »
« Non, pas vraiment, je lis, je passe le temps, je
m'évade, je voyage et j'rencontre des tas de gens plus
ou moins bizarres. »

« Tu sais combien t'en a lu ? »

« Non »

« Toujours d'après Maurice, tu dois en avoir lu à peu
près 500. »

« ? »

« Et tu lui poses un problème à Maurice, parce que
lorsque je lui apporte de nouveaux bouquins, il n'ose
pas les classer, il a peur qu'ils te passent sous le nez,
alors il les met à la suite des autres. »

« Je savais pas. Je vais lui en parler pour voir
comment on peut faire. »

« Est-ce que ça t'intéresserait de reprendre tes études ?
Tu pourrais le faire par correspondance. »

« Je sais pas. »

« Il suffirait que tu t'inscrives. »

Franchement, ça ne me tentait guère, j'étais bien dans ma citadelle, et j'avais peur d'être largué et je redoutais la confrontation avec des profs, même virtuels, et à nouveau être noté, jugé, jaugé, évalué, comparé, critiqué, mal compris.
J'esquivais.
« Est-ce que vous lisez les livres avant de les amener ici ? »
Ca le fit rire, d'un rire franc et spontané.

« Tu fais toujours comme ça quand tu veux pas répondre ? »

J'affichais mon regard le plus candide.
« Non, j'ai pas le temps de les lire tous, mais quand j'en vois un qui me plait, ça m'arrive. »
Je souhaitais écarter le sujet des études de façon plus définitive de la conversation.
« T'es marié ? »

De nouveau son rire fusa.
« Ok, c'est d'accord, on ne parle plus de tes études pour aujourd'hui, mais faudra quand même qu'on en reparle plus tard. Ca peut être important pour quand tu sortiras, tu sais, ça s'ra pas facile, et si tu pouvais avoir des diplômes pour …. »

Je stoppais net sa harangue.
« Et tu as des enfants ? »
Je l'entendis penser 'ça va pas être facile'

« Non, je suis pas marié et j'ai pas d'enfants »

« Pourquoi ? »

Il ne rit pas. Le ton de sa voix changea, elle devint monocorde et froide.
« Tu ne trouves pas que c'est personnel ? »

La réponse me vint sans que j'y réfléchisse.
« Et vous, est-ce que dans votre métier vous n'posez pas des questions personnelles ? »

Son sternum eu une contraction. J'avais touché, et il l'avait laissé paraître. Il se devait de se reprendre, mais la leçon était profitable, il comprenait que je ne me plaçais pas sous sa coupe.
Il reprit un ton de voix plus amène.
« Tu as raison, tu trouves que je cherche à m'immiscer dans le contrôle de ta vie et que j'agis ainsi en professionnel.
Mais je t'assure que ce n'est pas le cas, je voulais juste te donner un conseil sans arrière pensées, si ce n'est d'anticiper sur ta libération. »

« J'ai été condamné à 20 ans, quand je sortirai, je serais trop vieux pour entreprendre quoi que ce soit. »

« Tu te rends compte que c'est un excellent argument pour commencer dès maintenant ? »

J'avais besoin de   temps pour démonter cette dialectique.
« Pourquoi t'es pas marié ? »

Cette fois il décida de tenter une réponse.
« C'est pas facile à expliquer ces choses là.
Et puis je suis encore jeune, tu sais, je n'ai que 30 ans. »

« Est-ce que tu connais « Eftichios Bitsakis ? »

« Non, c'est qui ? »

« C'est un des bouquins d'ici, il a écrit ' Physique contemporaine et matérialisme dialectique' »

« C'est pas un peu compliqué ? »

« Tu veux dire, pour moi ? »

« Tu sais, tu n'es pas vraiment facile comme gars, tu as vite fait de mettre les gens mal à l'aise. »

« Effichios Bitsakis est un scientifique et un philosophe Grec contemporain, dans ce bouquin, il décrit l'interdépendance entre la science et la philosophie, il n'est pas le premier, mais lui, je trouve qu'il y arrive assez bien. »

« Si tu le retrouves, je veux bien le prendre, et je te dirais ce que j'en pense. »

Je me dirigeais sans hésiter vers les rayons et en extirpais l'ouvrage en question.
« On en parle la prochaine fois ? »
Ma question était aussi une fin d'entretien.

Nous nous serrâmes les paluches, et je repris le chemin de ma cellule.
J'avais besoin de réfléchir.

Je regrettais un peu d'avoir été aussi sec avec Max. Et s'il décidait de ne plus me revoir ? Ca faisait longtemps que je n'avais pas eu une discussion intéressante avec un alter ego, mais mon ironie avait vite repris le dessus, et je n'avais pas su me maîtriser et m'empêcher ce futile plaisir d'user des mots pour acculer l'autre.
Puis, je me calmais, et me dis qu'après tout, il m'avait, d'une certaine manière, provoqué. Et que mon agressivité n'avait été qu'un rempart, une forme d'autodéfense contre les plans qu'il avait élaborés, sans consensus, pour mon futur.
Je revins encore sur mes sentiments, et me dis qu'il était peut-être sincère quand il disait qu'il n'avait pas d'arrières pensées.
Enfin, je décidais d'endosser ma tenue de robot et d'oublier tout ça.

Je repris mon train-train.
J'élaborais, avec Maurice, une stratégie pour qu'il puisse ranger ses livres.
Je lirais donc toujours les derniers arrivés, puis il les rangerait, et je veillerais à ne pas prendre 2 fois le même bouquin s'il se retrouvait sur mon chemin.
Il ne me dit rien sur Max, et ne me posa pas de question.

Deux semaines plus tard, Maurice me demanda si j'avais une objection pour recevoir la visite de Max dans ma cellule.

Max était pressé, il me demanda si j'avais réfléchi à sa proposition de reprendre mes études, car il y avait des pré-requis, en cas de réponse positive.

Je lui demandais lesquels, il me répondit, assez laconiquement, qu'il fallait évaluer le niveau auquel je pourrais reprendre des études sans trop risquer un échec. Je lui demandais quel délai il m'accordait. Il me répondit aucun, car il fallait s'inscrire avant la fin du mois, et qu'il y avait les fameux pré-requis à passer avant.

Je supputais bien un piège, mais incapable de le deviner, j'étais coincé.

De nature plutôt curieuse, je me tins le raisonnement suivant : 'si je dis non, je ne connaîtrais jamais le piège'.

Max me dit qu'il était ravi de ma décision, qu'il viendrait la semaine suivante et que nous travaillerions dans la bibliothèque.

Et c'est ainsi que je découvris le piège.

Le pré requis était bien à une évaluation, mais qui consistait en des tests psychotechniques.

Cependant, je voulais faire plaisir à Max, essayer de conserver un lien avec quelqu'un que j'appréciais.

Je m'attelais donc au premier test, une longue liste de questions de logique, de culture générale et de déductions.

« Tu as 2 heures devant toi » me dit Max.

Après trois quarts d'heure, je lui tendis sa liste.

« Tu n'veux plus l'faire ? » Une pointe d'anxiété épiçait le ton de sa voix.

« Non, c'est pas ça, mais j'ai fini. »

As-tu déjà croisé un œil dubitatif au coin d'un regard ?
Eh bien ! c'était ça, avec, en plus, un je ne sais quoi de reproche que confirma le ton de sa voix.
« Es-tu sure d'avoir répondu à toutes les questions ? »

« Oui »

« Tu sais, tu as encore du temps, tu veux peut-être corriger des choses ? »

« Non, passons au suivant, j'voudrais en finir au plus vite. »

J'eus donc à démonter un assemblage de morceaux de bois enchevêtrés, puis à le reconstituer.
« Combien de temps penses-tu avoir mis ? » Me demanda-t-il.

« Je sais pas, peut-être 2 ou 3 minutes ? »

« Tu as mis 30 secondes.
Bon tu vas le refaire, mais tu essaieras de penser au temps que tu mets. »
Je m'exécutais de bonne grâce.

« Combien de temps ? »

« Euh ! 30 secondes »

« Non tu as mis 50 secondes, le fait de penser au temps t'a fait perdre de ta concentration.»

Max prenait des notes sur un cahier qui ne comportait que quelques feuillets.

Après quelques autres tests qui n'ont pas laissés de souvenir impérissable dans ma mémoire, nous en vînmes au test des tâches.

Celui là me plut bien.

J'étais intarissable quant aux impressions qu'imprimaient les tâches dans mon imaginaire.

Je voyais de grands oiseaux, des fenêtres, des nuages, des femmes nues, des papillons (comme tout le monde), des rhinocéros cachés derrière des feuillages de jungle, des personnages courant dans des paysages lunaires, des hirondelles survolant des champs de blé, des fleurs dont je sentais les parfums, et des couleurs, d'innombrables couleurs qui dansaient en se camouflant dans le noir des tâches.

« Tu vois vraiment du rouge, du bleu, du vert dans cette tâche noire ? » Me demanda, interloqué, Max.

« Ben, oui »
Je m'amusais comme un fou.

Max me présenta, soudain, une tâche qui stoppa net mon éloquence.

Comme un automate bavard, je continuais, pourtant, à donner mes impressions, mais ma voix ne sortait pas de ma bouche consciemment, ma voix échappait à mon contrôle, elle parlait de sa propre voix.

« J'ai l'impression d'être connecté directement sur cette forme, c'est comme une fenêtre dans ma tête, comme si mon cerveau passait au travers de cette tâche pour aller voir dans un ailleurs inconnu.

Je vois le ciel, je vois des lieux, des passants, des maisons, mais c'est dans un pays étranger, les gens portent des tuniques blanches, comme des draps longs et recouvrant l'entièreté de leurs corps, ils portent des

chaussons aux pieds, et les femmes ont un masque au visage qui ne laisse voir que leurs yeux.
Et le soleil est puissant et chaud, plus près de nous, le bleu du ciel est si intense qu'on le croirait peint, sans nuance, par un artiste.
Et puis je vole, je suis dans un engin bruyant et par une espèce de fenêtre ronde, je vois la terre tout en bas. Il y a une rivière, immense, bordée d'arbres et des oiseaux blancs volent juste au-dessus de l'eau. Il y a des drôles de maisons rondes faites de paille avec leurs toits coniques, et des hommes tout petits qui s'affairent autour de troupeaux d'animaux qui ressemblent vaguement à des vaches ….. »

Max avait posé sa main sur mon épaule. Il n'était plus assis devant moi, mais debout à mon côté. Je ne l'avais pas vu se lever.
« Est-ce que ça va, Yfig ? » Me questionna-t-il.

J'émergeais de mon rêve éveillé comme on sort d'un profond sommeil, je ne savais plus très bien où je me trouvais ni ce que j'y faisais.

« Tu as probablement été hypnotisé par la tâche » Suggéra Max.
« Tu avais une drôle de tête, et tu m'as fais un peu peur » Ajouta-t-il avec une nuance de culpabilité dans le ton.
Je reprenais mes esprits cotonneusement.

« J'avais l'impression de voyager » Fut tout ce que je pus dire.

« Je pense que tu as exprimé un malaise lié à la claustrophobie qu'engendre l'emprisonnement, tu devrais peut-être accepter les sorties dans la cour plus souvent » Diagnostiqua Max.

« Non, Max, je n'éprouvais pas de malaise, mais, bien au contraire, une immense liberté, une sensation de bien être, et j'avais le sentiment de vivre réellement ce voyage. » J'avais presque entièrement recouvré mes facultés.

« Je vais te faire passer quelques examen, si tu veux bien, des analyses de sang, pour voir si tout va bien » M'ordonnança Max.
 « De toutes façons, nous en avions fini avec les tests, il faut maintenant que j'épluche tout ça. »

On ne trouva rien d'anormal dans mon sang.

Mais j'avais trouvé une porte, une porte qui donnait sur d'autres mondes, des mondes insonores, mais merveilleux et libres.
J'avais reproduit au plafond de ma cellule, juste au-dessus de ma couche, la tâche, et lorsque je voulais voyager, je m'étendais sur le lit, et plongeait au travers de la tâche qui me transportait vers d'autres horizons. Et parfois le sentiment de réel était encore plus intense, je me persuadais alors qu'il s'agissait de prémonition, que ces paysages, je les foulerais un jour, et, ce, malgré la totale improbabilité que ma condition me réservait.

Quand je ne voyageais pas, j'étudiais. Max avait fini par me convaincre.

C'est ainsi que je passais mon bac, accompagné d'une mention très spéciale, car j'avais réussit à passer les épreuves de plusieurs disciplines à la fois, maths, sciences, littérature et philo.

Max était peu bavard sur lui-même. J'appris cependant qu'il était lui aussi issu d'un milieu défavorisé et qu'il avait dû travailler à divers petits boulots pour payer ses études. Il avait fait la connaissance de Maurice à l'occasion d'un de ces jobs. Il travaillait, alors, pour un menuisier qui l'avait envoyé chez Maurice pour changer une huisserie de porte à l'atelier du peintre. Il était intrigué car Maurice avait mis une toile pour occulter les grandes baies vitrées de l'atelier, ce qui, pour un peintre n'est pas ordinaire. Il essaya bien de discuter avec l'artiste, mais celui-ci ne répondait à aucune question, demandant sans cesse quand les travaux seraient finis. Max ignorait tout, évidemment, des activités illicites du barbouilleur, mais son comportement secret et inquiet l'intriguait. Il trouva la bonne formule lorsqu'il parla au peintre du musée qu'il avait récemment visité et où il avait pu voir des œuvres de Magritte, peintre révolutionnaire à l'époque. Des liens plus étroits encore se formèrent entre eux et Maurice finit par ouvrir son atelier à l'étudiant qui fut bouleversé par tant de chefs d'œuvres.
Et, un beau jour, sans crier gare, Maurice disparut.

Quand, plus tard, Max devint visiteur de prison, quelle ne fut pas sa surprise d'y retrouver Maurice.

Lors d'une des visites, devenues régulières, de Max, je le trouvais particulièrement étrange, excité mais secret.
« Je ne peux pas trop t'en parler, Yfig, mais il se passe quelque chose, dehors, qui te concerne. »

Pour moi, le monde externe n'existait que par la tâche. C'était un monde idéal, sans bruit, sans parole donc sans mensonge. Un monde de lumière, de couleurs, de vents et de climats. Les hommes y vaquaient à leurs affaires sans me déranger, sans rien me demander.

Il m'arrivait parfois de lire un journal quand il s'en trouvait un traînant dans la bibliothèque, oublié là par un autre détenu ou un gardien.
Les nouvelles n'étaient jamais très fraîches, mais je ne m'en souciais guère, les nouvelles de l'extérieur ne m'intéressaient pas, ne me concernaient pas.
Le seul qui m'intéressa un tant soit peu était « Le Canard Enchaîné ».
Je savais donc qu'une révolution estudiantine s'était produite, que des évènements importants pour la vie politique en France avaient eus lieu.
Des barricades, des échauffourées, des bagarres, des discours, quelques véhicules incendiés et surtout beaucoup de manipulations d'esprits.
On était encore loin des descriptions et des émotions du « Quatre Vingt Treize » de Victor Hugo.
Cette mini révolution, vue de ma cellule me faisait penser à une pantomime, une gesticulation infantile, incantatoire et désuète.
Pour quelle étrange raison la remarque de Max me faisait-elle penser à ces non évènements ?
Je ne parvenais pas à établir un rapprochement.

Sans conviction je lui demandais de m'en dire plus.

« Je ne peux pas, je ne veux pas de donner des illusions qui te décevraient ensuite. »

« Dans ce cas, pourquoi m'en avoir parler ? »

Il fit bifurquer la conversation vers des routes plus paisibles.

Maurice était plus loquace, moins barricadé.
« Ca fait plusieurs mois que Max essaie de faire quelque chose pour toi » Confidença-t-il.

« Mais quoi ? »

« J'en sais pas trop, mais je crois qu'il a réussi à convaincre un journaliste de s'intéresser à ton cas. »

« De quel cas parles-tu ? De mes études ? De mes lectures ? »

« Non, non, je parle de ton procès, de ta condamnation.
Max pense que les choses ne se sont pas déroulées normalement, qu'on a peut-être caché la vérité. »

Je ne tirais rien de plus de Max, mais ma machine à penser s'emballais, entraînant un reflux de souvenirs que je m'étais toujours évertué à repousser aux tréfonds de moi-même.
Je n'avais jamais laissé le sentiment d'injustice gagner du terrain sur mon esprit, j'avais considéré ma condamnation comme étant dans l'ordre des choses. Puisque j'avais tué, j'étais puni, je devais payer pour mon acte. Le fait que la sentence ait été déterminée par des allégations erronées ne me dérangeait pas, je ne considérais que le crime et son châtiment.

C'est à peu près à ce moment que je reçus la visite du colonel Viard.

Tout comme le premier psy, le moustachu arriviste, le colonel investit m'a cellule sans tambour ni trompette (ce qui représentait un exploit pour un militaire.)
C'était un grand costaud, le visage carré, rasé de très près, des yeux perçants comme un tapis, ou comme un chat, si tu préfères.
Il passait tout juste dans l'encadrement de la porte, tant il était large. Il portait une tenue militaire d'un vert chiasseux, mais joliment ornée d'un tas de médailles qu'il arborait avec ostentation sur sa noble poitrine.
« Colonel Viard » Brailla-t-il, en perpétrant son intrusion dans mon petit monde de silence et de paix.
Après avoir effectué un geste bizarre de sa main qu'il avait porté tendue, le coude plié à 90 degrés, vers le côté de son visage, il me tendait, à présent, une main aussi grande qu'une poêle à frire.
J'hésitais, je voyais mal ma main dans cette broyeuse à poils.
J'avais raison, il en fit de la pâtée.
Il était resté debout, quand je croyais qu'il investirait mon unique chaise.

« Mon garçon, je n'irai pas par quatre chemins, il est exceptionnel qu'un colonel se déplace en personne, mais le dossier de renseignements, que nous possédons sur votre compte, indique que vous en valez la peine. »

Que me voulait donc ce général ? De quel dossier parlait-il donc ?
Il semblait me regarder droit dans les yeux, mais je sentais son regard me traverser comme une vitrine pour aller se poser sur le mur auquel j'étais adossé.

Il continua imperturbable.

« Nous savons que vous avez tué un homme, mais, dans l'armée, ça n'est pas un problème, vous vous y sentirez en famille. »

Je gagnais donc une nouvelle famille.

« Je tenais à vous rencontrer personnellement, nous ne nous reverrons plus, mais c'était une unique occasion, pour moi, d'avoir un contact direct avec vous. »

Je ne pigeais toujours pas où voulait en venir ce maréchal, et le regardais interrogatif ?

Ca n'avait visiblement pas l'air de le déranger.

« Vous recevrez de mes nouvelles le moment venu. Souvenez-vous, colonel VIARD. »

Il me resservait sa poêle à frire.

Je récupérais une purée de main.

L'endimanché disparut, me laissant planté là comme une tente de camping.

Je m'ouvrais de cette visite inopinée auprès de Max, qui ne me fut d'aucun secours. Il restait aussi coi qu'un cheval de bois.

Max n'était pas seul, il était venu escorté d'un gros type aux cheveux lavasses et qui fumait une pipe fumante et puante.

« Je te présente Maurice. » Me dit-il.

« Maurice est journaliste à « La tribune Libre d'Auzouville Auberbosc .» Précisa-t-il.

Je regardais le Maurice en question, il avait une bonne bouille, avec un sourire énigmatique, comme un gamin qui sait des choses que les autres ignorent.

Max continua.

« Je connais Maurice depuis longtemps, il y quelques mois, je lui ai demandé de s'intéresser à ton dossier, parce qu'il contenait, à mon avis, des invraisemblances quant aux circonstances du drame.

Mais je laisse Maurice te raconter. »

Maurice avait une voix rauque de fumeur. Mais il racontait bien, avec conviction et accompagnait son verbe de petits gestes de sa main pour mieux marquer les temps forts de son discours. On était entre gens de connaissance, alors il employa le tutoiement.

«I y a quelques mois, Max, qui m'avait déjà parlé de toi, m'a passé une copie des minutes de ton procès en me demandant d'y jeter un coup d'œil. »

Il fit une courte pause, me sondant pour sentir l'effet qu'il produisait.

Comme je restais attentif, il continua.

« Il y avait pas mal d'incohérences, entre le témoignage d'un flic, par exemple, et celui des témoins, il parlait d'un croc que personne n'avait vu. Et puis tous les témoins racontaient strictement la même version des faits, ce qui n'est pas habituel. On avait dû leur souffler ce qu'ils devaient dire. »

Pause.

Comme je restais attentif, il continua.

«J'ai décidé de mener ma petite enquête perso.

J'ai pris, alors, l'habitude d'aller boire un verre régulièrement au bistro où se sont passés les faits, on y est même allé ensemble avec Max quelques fois.

Ca a pris du temps, mais j'ai fini par lier connaissance avec quelques dockers qui fréquentaient assidûment le bar. »

Pause.

Décidément, il racontait bien.

Il dut percevoir, à mon attitude concentrée, que j'étais très attentif.

« Un jour qu'on faisait une partie de yams, j'amenais, avec délicatesse, la conversation sur le sujet. »

Cette fois, Maurice prit une attitude humble, qui cachait mal, son contentement de lui-même.

« Au début, ils ne voulaient pas en parler. Je n'insistais pas.
Mais, quelques jours plus tard, c'est un des gars qui l'a évoqué de son propre chef »
Maurice avait un style journalistique bien à lui.
« Et puis, je l'ai entraîné dans un autre bar, et on a bien picolé.
Il m'a alors raconté l'histoire telle qu'elle s'était passée et que tu dois connaître. »
Je devais avoir une mine un peu défaite, pour moi cette histoire ne changeait rien, ça ne menait nulle part.
« Tu as l'air déçu. » Me fit remarquer Max.

« Ben, un peu, oui, je ne vois pas ce que ça change. »

« Mais ça change tout, au contraire. » S'interposa Maurice
« Ca veut dire que tu étais en légitime défense, et que la vérité a été volontairement camouflée pour faire passer ton acte en crime. »

« Oui, ça je le savais, mais j'ai quand même tué le docker. »

« C'est vrai, mais ça ne méritait pas 20 ans. » Max se voulait convainquant.
Maurice reprit.
« Ecoutes, Yfig, on a consulté un avocat, il est prêt à rouvrir le dossier, j'ai le témoignage écrit de deux dockers, et l'avocat dit que ça peut aller très vite.
Mais il faut ton accord.
Alors, on attend ta décision. »

Tout s'est, alors, passé très vite, comme ils l'avaient dit.

Le dossier a été rouvert, je suis retourné en jugement, la plaidoirie de la défense peut se résumer en quelques mots :

« Mesdames, Messieurs les jurés, mon client a tué par accident dans un contexte de légitime défense. Je demande donc la relaxe. »

Et la peine fut ramenée à cinq années, comme par hasard, la durée que je venais de passer sous les verrous.

Le jour de ma levée d'écrou, il faisait un temps superbe.

Le ciel bleu et le soleil saluaient ainsi, à leur façon, ma renaissance.

Une fois dehors, je ressentit une terrible impression d'ivresse, l'air, l'espace me tournaient les sens, je marchais en titubant, comme un clochard après ses trois litrons.

Max m'accompagna en bus jusque chez mes parents.

Le monde avait bien changé, pendant ces cinq années, et j'avais l'impression de n'être pas d'ici en parcourant du regard les rues qu'empruntait ce bus où des maisons, des magasins avaient été érigés, avec des enseignes lumineuses, des panneaux publicitaires au design moderne. Je ne reconnaissais pas ma ville.

Pendant le trajet, Max m'entreprit au sujet de la visite surprise du colonel, que je lui avais fidèlement reportée.

« Je pense que cette visite n'est pas sans rapport avec la révision de ton procès, mais je pense également que les résultats des tests que je t'ai fait passer sont également pour quelque chose à cette visite. »

J'essayais de comprendre.

« Quel rapport peut-il bien y avoir avec des tests et ce colonel ? Il ne peut pas les avoir eu ? »

Max me rencarda.

« Lorsque nous faisons passer des tests, il y a toujours une copie du résultat à l'attention du Directeur de la prison, et celui-ci les transmet au Ministère de la Justice lorsqu'il le juge utile.

D'autre part, ton avocat a insisté pour que l'Etat répare le dol que tu as subi.

Les résultats de tes tests étant particulièrement excellent, il n'est pas impossible que tout cela soit en rapport. »

« Si c'est à moi que tu causes, saches que je ne pipe mot. » Lui rétorquais-je.

« Eh bien, disons que l'armée pourrait te proposer une réparation et en même temps pourrait essayer de profiter de tes qualités. » Eclaircit-il.

Nous arrivâmes au terminus du bus.

A part de la part de mes frères et sœurs, l'accueil ne fut pas délirant. Il faut dire que la famille s'était agrandie, mais pas la maison. Malgré tout, je ne fus pas rejeté, et ma mère s'abandonna à quelques effusions qui me touchèrent.

J'avais du courrier, une lettre du Ministère de la Défense.

«
Monsieur,

Conformément aux dispositions du code des Armées, votre date de naissance vous positionne dans la classe 70.
Vous êtes donc incorporable immédiatement.
Vous devez vous rendre le 1er décembre à la caserne d'Amiens.
Vous trouverez ci-joint votre billet de train.
»

Ainsi, le destin, ce grotesque farfelu, s'amusait de moi, une fois de plus, me balançant de Charybde en Scylla.
Je venais de quitter une prison, c'était pour en incorporer une autre.

Soulagement dans la famille, une bouche à nourrir et une couche en moins.

J'incorporais donc mon corps d'armée, exécutant docilement l'injonction qui m'en avait été faite.

Je ne sais si tu connais Amiens, mais ce n'est pas, à proprement parler, une ville qui engendre la joie de vivre, en tout cas, pas pour moi.
Eh bien, la caserne, elle, c'est bien pire. Une forteresse Vaubanesque, austère comme un couvent de jésuites, construite toute de pierres rouges, avec son fossé, ses douves, ses créneaux et ses

fortifications et un immense portail de bois lourd et de
fers qui l'isole hermétiquement.

Dedans, ce n'était pas douillet. Les chambrées de
vingt personnes, meublées de lit superposés, avaient
des fenêtres aux vitres brisées. Un poêle à charbon,
que l'on allumait le soir seulement, sans autre
alimentation de toute la nuit qu'une poignée de crottes
noires, faisait de son mieux pour dégager une faible
chaleur qui se hâtait de fuir au dehors.

Levés tôt le matin, au son d'un clairon au chant faux,
nous courrions un jogging, dans des shorts ridicules,
pour maintenir la forme.

La neige faisait de son mieux pour rendre cet exercice
impossible.

La nourriture nous nourrissait, sans plus.

Le reste des activités, au demeurant, fort
inintéressantes, rongeaient nos journées, comme un
bastingage une corde usée.

Lorsque je fus convoqué chez le Capitaine, je n'avais
pas la moindre idée du motif.

« Soldat ! » Interjectiona-t-il.

« Vous avez de la chance, soldat, vous avez été
désigné pour représenter notre corps dans l'école la
plus prestigieuse de nos Armées.

Je viens de recevoir votre ordre de mission, signé de
la main même du colonel Viard, vous partez pour
l'Allemagne demain matin.

Allez préparer votre paquetage et soyez aux ordres
demain à neuf heures à la guérite de garde. Une jeep
vous conduira à la gare.

Exécution ! Rompez ! » Re-interjectiona-t-il.

Ainsi se rappelait à moi, le colonel aux multiples
décorations.

Le rythme régulier des boggies me berçait d'indolence. Je somnolais, rêveur éveillé, que les événements entraînent, malgré lui, vers un futur tracé par un destin indécis, incertain et imprévisible.

La caserne de Donaueschingen n'était pas aussi morne que celle d'Amiens. Cela restait quand même une caserne.

La formation militaire que j'intégrais ne se distinguait pas, à priori, des autres divisions du bataillon.
Cependant, bien qu'insérés parmi celles-ci, nous bénéficions de quelques particularités qui nous démarquaient.
Des chambrées à l'écart des autres, des salles d'études réservées, une salle de sport munie d'équipements spécialisés, des terrains d'exercices et un pas de tirs que nous ne partagions avec personne. Nous avions également une armurerie différente et dotée d'armes et de munitions spéciales. Seule la cantine était un lieu commun.
Nous étions donc spéciaux.
Nous étions peu nombreux, à peine une dizaine, certains, s'enorgueillissaient de cette position, et traitaient les autres troufions avec hauteur.

La formation était intensive et variée. Electronique, techniques de télécommunication, chimie, pharmacopée, explosifs, maniement des armes, conduite d'engins de toutes sortes, sur terre, dans les airs et sur mer, arts martiaux, etc …
La journée ordinaire se décomposait en jogging, petit déjeuner, puis parcours du combattant, cours en salle, déjeuner, exercices de tir ou conduite d'engins, close combat, cours en salle, étude, repas.

Chaque discipline était précédée par un exercice de marche au pas cadencé. Le Lieutenant étant un ancien légionnaire, nous exécutions le pas du légionnaire en chantant les chants de la légion. Les autres bidasses étaient souvent impressionnés, surtout les nouvelles recrues.

Nous avions également à pratiquer des exercices de survie. Trois jours, sans nourriture ni boisson, de marche à la boussole par groupes de trois.

J'aimais assez ce sentiment, édulcoré, de liberté, de responsabilité que donnaient ces exercices de survie. Il y avait aussi un sentiment de solidarité avec les autres qui nous rapprochait dans les moments les plus délicats, lorsque par exemple nous devions traverser une rivière et que l'un de nous ne sachant pas nager, nous devions l'aider à surmonter sa peur et à réussir sa traversée.

Ces moments là me faisaient me souvenir de mes jeux de gosse, lorsque chef de bande je me sentais responsable de la sécurité des autres.

L'altruisme ne se décide pas, peut-il se maîtriser ? Peut-il conduire au pouvoir ? Engendre-t-il un surdimensionnement de l'ego qui peut aller jusqu'à nous transformer en tyran ?

Ce serait amusant que des qualités se transforment en défauts.

Le plus difficile, pour moi, c'était les conversations ayant trait à la gente féminine. Mon isolement m'avait privé de ce côté social. Mes petits camarades eurent tôt fait de découvrir les faiblesses de mon éducation sexuelle et ne se privèrent pas de me moquer. Je compensais en m'appliquant à devenir le meilleur dans toutes les disciplines enseignées, réussissant ainsi à maintenir un périmètre suffisant de défense.

Une ou deux fois, un bidasse m'entraîna en ville pour
visiter quelque bar canaille. Il ne comprenait pas
pourquoi je m'y trouvais si mal à l'aise et en déduisit,
un peu trop rapidement, que je ne m'intéressais pas
aux femmes. Il abandonna, bien vite, l'idée de
m'acoquiner, et je devins paria, interdit de sorties
dragueuses.

Je trouvais le chemin de la bibliothèque du régiment
et en extrayais les ouvrages que je n'avais pas lus.

Sur un plan livresque, j'en savais certainement
beaucoup plus qu'eux tous réunis. Malheureusement
je manquais sérieusement de pratique.
Je passais également de longues heures d'errance dans
les forêts avoisinantes.
J'aimais cette solitude spleeneuse, je récitais à haute
voix les vers de mes poètes préférés aux feuillus
persistants qui agitaient leurs longs bras épineux en
signe de reconnaissance.

Ces deux années se consumèrent comme fétu de
paille.

Vint la démobilisation.

Nous faisions la queue devant la porte du bureau du
Général.
Je fus introduit le premier.
Le Général me reçut chaleureusement, il était satisfait
de mes états de services et me tendait une feuille
dactylographiée.
« Voici votre nomination au grade de Lieutenant
Colonel, je suis fier de vous la remettre
personnellement.

Voici d'autre part (il me tendait une seconde feuille) votre engagement pour une durée de 3 ans, veuillez accompagner votre signature de la mention 'Lu et approuvé. »

J'hésitais quelques instants, j'étais cueilli, le ton autoritaire, l'habitude d'obéir aux ordres, la discipline, tout me faisait tendre vers une signature docile, voire servile.
Dans un immense effort de maîtrise personnelle, je repoussais fermement la feuille accompagnant mon geste d'une voix qui se voulait résolue.
« Je ne souhaite pas m'engager, mon Général. »

Le gégène fit un bond sur place, et frappa du plat de sa main droite son bureau, faisant trembler les meubles et les bibelots parsemés sur le bureau.
« Quoi ? Est-ce là toute la gratitude que vous éprouvez pour tout ce que l'Armée a fait pour vous ? Cet engagement était tacite lors de votre incorporation, vous ne pouvez le refuser, c'est votre devoir moral, vous devez rendre à l'Armée tout ce qu'elle vous a donné. »
Sa voix de stentor avait dû traverser les murs, j'imaginais la tête des libérables de l'autre côté de la porte, ils devaient pisser dans leurs frocs.
Son agression verbale produisit, sur moi, l'effet inverse de celui attendu, ses arguments m'incitaient à la riposte, mon vieux sens de l'ironie et de la dialectique était toujours intacte sous le vernis du faible, et je me souvins de ce que Max m'avait dit.
Ma voix était calme, posée mais ferme. .
« Je suis désolé, mon Général, Je ne dois rien à l'Armée, j'ai fait tout ce qui m'a été demandé avec conviction et enthousiasme, mais c'est l'Etat qui me devait une compensation pour son erreur qui m'a

emmené en prison. Pour moi, nous sommes quittes à
présent. »

Je crus que le Général allait avoir une attaque, une
attaque cardiaque, bien sûr.
Il s'appuyait, maintenant, des deux mains sur son
bureau, avec un air d'accablement qui aurait fait pitié
à n'importe quel Emaüs sous-alimenté.
« Mais, mon cher, qu'allez vous devenir ? L'Armée
est tout pour vous, votre famille, vos amis, votre
raison d'être.
Vous allez vous retrouver seul, à la rue, sans métier,
sans avenir, je ne peux pas vous laisser faire ça,
signez, c'est votre unique chance de vous en sortir. »

Il était plus fort que je ne l'avais évalué, je croyais
l'avoir accablé, il revenait à la charge avec encore
plus de mauvaise foi et y ajoutait son jeu le plus mélo
qui, un instant, m'avait donné le change.
Je ne pouvais en rester là.
Je pris, de mon côté, un petit air narquois
qu'accentuait un sourire biaisé.
« Mon Général, je ne vous comprends pas bien, vous
me dites que je dois tout à l'armée, puis vous
m'affirmez que je ne suis rien ou pas grand chose
avec pas même un métier. »

« Brisons là ! mon garçon. Si vous n'êtes pas capable
de saisir votre chance quand elle se présente, je ne
puis plus rien pour vous. Tenez prenez quand même
ce formulaire, vous avez 2 jours pour réfléchir. »

En sortant du bureau, mon allure hilare contrastait
bizarrement avec l'attitude penaude et terrorisée des
expectants.

Je déposais négligemment la feuille dans une corbeille
à papier.

Mais un doute insidieux forçait le rempart de mon
conscient, qu'allais-je devenir ?

Le Général eut sauté de joie s'il avait pu lire dans mes
pensées.

Dans le train qui me reconduisait vers un avenir
redevenu incertain, je cherchais vainement une idée.
J'avais économisé (merci maman de ton hérédité)
quelques deutschemarks sur ma maigre solde.
Je devais trouver un point de chute. La mélancolie
commençait à grignoter mes certitudes.
J'avais un casier judiciaire, quel employeur
accepterait un ancien taulard ?
La mélancolie se métamorphosait peu à peu en
découragement.

Le Général campait fièrement devant moi, les jambes
écartées un bâton à la main, il scandait ses mots avec
arrogance.
« Sans l'Armée, vous n'êtes rien, vous êtes un raté,
vous retournerez en prison croyez-moi, et plus vite
que ça, contrôle des billets ……….. Contrôle des
billets….. » Il me frappait l'épaule de son stick.

Le contrôleur me secouait et me serrait fermement,
redoutant sans doute que je m'échappe.
Je lui tendis mon billet, il me le rendit percé comme
une passoire.

Je regardais par la fenêtre le vert paysage qui défilait à
vive allure, j'eus le sentiment que le train, immobile,
laissait filer les prés sur son côté.

Ma morosité n'avait d'égale que mon anxiété. Les questions se bousculaient dans mon esprit désorienté, rien à quoi se rattraper, pas l'embryon d'une piste.
Il était temps que le train entrât en gare, je ruminais des envies auto destructrices.

Je descendais du wagon comme un condamné monte au gibet.
Je marchais à reculons sur le quai de la gare, la tête basse, les yeux rivés à mes souliers, tous ces gens qui me dépassaient, pourquoi tant de hâte ? Qu'avaient-ils donc de si urgent à faire que je n'avais aussi ?

Je tamponnais Max brutalement.
Je crus défaillir.
Les larmes s'amoncelaient sous mes paupières. Je résistais tant bien que mal à ce soudain assaut d'émotion, pas longtemps, je tombais dans ses bras en pleurs.

Il était là.
Mon ami, mon frère, mon Pygmalion.
Comment avait-il su ?
Peu importe, je renaissais, Phénix larmoyant, reniflant, hoquetant, liquéfiant, extinguant de mes lacrymales les cendres encore fumantes de mes angoisses.
Tout irai bien, à présent, je le sentais, je le savais.

Il m'entraîna, son bras autour de mes épaules. Je traînais mon balluchon sur le sol.

Au café de la gare, après moult gorgeons de bière, la parole me revint enfin.
« Comment as-tu fais pour savoir ? »

« Simple comme un coup de fil. » Me répondit-il lacunaire.

Je n'insistais pas, avec Max j'avais appris à accepter les évènements sans chercher à les expliquer.

« Tes projets ? » Questionna-t-il à brûle pourpoint.

« …. »

« Bon, je m'en doutais un peu. »
Nous sirotâmes, silencieux, nos godets.
« On va chez moi. » Affirma-t-il.

Une jeune femme blonde, à la coiffure ébouriffée, revêtue d'un peignoir à motifs floraux et aux couleurs délavées nous ouvrit une porte aux gonds grinçants.
Elle ne me salua pas et s'en retourna vaquer à quelque occupation domestique.
Je cherchais une place libre où déposer mon sac dans l'entrée.
« Pose le n'importe où. » Me suggéra Max.
C'était pas facile. Il y avait des chaussures partout (et l'odeur qui va avec), des vêtements avaient chu d'un portemanteau branlant et édenté s'éparpillant lascivement sur les godasses, une caisse contenait un parapluie dont les baleines fuyaient les côtes ainsi que divers objets non identifiables, un porte-documents baillant laissaient entrevoir ses entrailles, un carton, à demi éventré, laissait échapper sur le peu de sol libre sa cargaison de bouquins.
Je résolus de garder mon bagage avec l'idée de lui trouver une place dans le salon.
Mon idée n'était pas la bonne.
Un capharnaüm indescriptible régnait dans la vaste pièce sur laquelle donnait l'étroit vestibule.

Chaque morceau de terrain était investit. Et cela formait comme une piste, au milieu de cette jungle, qui semblait mener à un coin salon, c'est à dire à trois fauteuils disposés en U entourant une table basse construite d'une planche brute de coffrage reposant sur des agglos de ciment. Des journaux et des revues entrelacées jonchaient la table.

L'impression de bordel était intense.

Sur la gauche, un autre portemanteau croulait sous les fringues. Il y avait même un carton suspect posé en équilibre sur le haut de l'édifice.

A droite, un meuble bas de bois, mal peint d'une couleur jaune pisseux, séparait la pièce de ce qui devait être un coin cuisine. Je le devinais au poêle à charbons sur lequel sifflait une bouilloire et à la maîtresse de maison qui, me semblait-il, lavait la vaisselle dans une bassine en plastique.

Après le portemanteau équilibriste, trônait un meuble de style Fécampois 1900, c'est à dire une espèce de bahut qui avait dû être récupéré sur un chalutier. Les portes tentaient tant bien que mal de contenir tout un tas de vaisselle, de casseroles dont les manches dépassaient, impertinents et sarcastiques.

Sur ce meuble des bouquins avaient été disposés comme un château de cartes. Je pensais pour moi-même que le château croulerait à coup sûr si l'on essayait de tirer l'un des livres. Quelques-uns d'ailleurs avaient dû glisser et jonchaient sans discipline le sol autour du vaisselier, dans des positions disloquées.

J'avançais avec prudence dans ce fourbi.

Les murs étaient peints, repeints, avec des lambeaux décollés de papiers peints et s'ornementaient de tout un tas de posters et de dessins au crayon punaisés, quelques tissus salis et pendouillant prétendaient indûment à la caste des tentures.

A deux grandes fenêtres, aux vitres poussiéreuses, s'accrochaient mollement des rideaux défraîchis laissant filtrer une lumière opaque.

Plus loin à droite, aménagé sur des blocs de pierre qu'une pièce de tissu dissimulait mal, comme une bouche qui laisse voir ses dents, se pavanait un aquarium. L'eau y était trouble, un appareil faisait des bulles que l'on pouvait compter, et un petit poisson rouge pâle, esseulé, famélique, se baguenaudait en ressassant des pensées existentielles.

C'est seulement à ce moment que je perçus la sourdine des trilles d'une musique classique que diffusait un appareil invisible.

Enfin on parvenait au salon.

Le salon se trouvait en fait sous une mezzanine qui donnait, à ce coin, une ambiance intimiste. D'ailleurs, on ne pouvait passer au salon que courbé en deux.

Les fauteuils, peut-on vraiment donner ce nom à ces machins, étaient de couleurs, de formes, d'ages différents.

Le plus grand était totalement défoncé et une planche de bois tenait lieu de troisième coussin. Les autres n'étaient pas mieux, un autre trois places, vert pomme passé avec des brûlures de cigarettes comme seul décorum, et un rouge vif deux places scarifié, lacéré dont les coutures avaient pété laissant dégouliné des ruisseaux de bourre.

Comme je me dirigeais vers ce salon, mon paquetage heurta une plante sans feuillage que je n'avais pas vue et qui rampait à terre dans son cache-pot de polystyrène. Elle versa le pauvre contenu de sa terre en roulant.

Max, qui revenait du petit coin en re rebraguettant me
lança
« Laisse, on devait la jeter de toute façon »
En inspectant les lieux d'un regard circulaire, je me
dis qu'il n'était pas du genre à jeter quelque chose,
mais au contraire, à ne se séparer d'aucune.

Je posais mon fardeau sur le coussin de bois et
m'asseyais à côté, comme pour mieux le surveiller.

« Cathy ! Tu nous sers une bière s'il te plaît ? »
Je tournais le dos à Cathy, Max avait posé son
anatomie sur le fauteuil rouge à ma droite.

« Bon, tu vas t'installer ici, on rapprochera les
canapés, ça te fera un lit. On va te donner une clef.
Jusqu'à c'que tu trouves un boulot et une piaule.
Notre chambre est en haut. » Il me désignait la
mezzanine.

Cathy apportait deux bières sorties d'un frigo que je
n'avais pas remarqué.
« Yfig, je te présente Cathy. »
Je me levais prestement, prêt à lui serrer la louche.
« Cathy, je te présente Yfig, je t'en ai parlé. »

« Humm ! » fut la réponse de Cathy qui n'avait pas
même levé les yeux sur moi. Elle s'en retourna
comme elle était venue.

« Fais pas attention, Yfig, avant 6h du soir y'a rien à
en tirer, mais tu verras, elle est super. »
Je me rassis.

Il se leva et s'engagea, sans hésitation, sur la piste qui
mène au vestibule.

Il en revint avec le porte document fatigué et en
extirpa une revue grosse comme un demi-botin.
« Qu'est-ce que tu voudrais faire comme travail ? »

« .. »

Il la feuilletait, en partant de la dernière page.
« Ca, c'est ' Le Moniteur du Bâtiment et des Travaux
Publics '.
Compte tenu que c'est le seul domaine dans lequel tu
aies travaillé (avec ton beau-père) j'ai pensé que tu
aurais une chance.
Et puis il y a beaucoup de demande en ce moment. »
Il reposa la chose au milieu du fatras.

J'attirais la revue à moi et y jetais un coup d'œil.
Il contenait des articles très techniques sur la
résistance des matériaux, ou la composition et les
caractéristiques physiques des divers bétons, des
reportages sur de grands chantiers, des photos de
routes et de bâtiments, puis vers la fin, des appels
d'offre et, enfin, des offres d'emplois.
Je tombais rapidement sur la rubrique 'Expatriation'.
On demandait des ingénieurs, des conducteurs de
travaux, des chefs de chantiers et des ouvriers
qualifiés pour tout un tas de pays étrangers.
Je n'y voyais rien qui corresponde à mon
incompétence.
« Max, j'ai pas de qualification, y'a rien pour moi là
dedans. »

« Tu te trompes, Yfig, ce qu'il y a là dedans, comme
tu dis, ce sont des adresses.
Les adresses des boîtes où tu vas écrire pour proposer
tes services, tu n'as pas besoin de répondre à une

annonce précise, t'envoies ton curriculum, et eux, ils feront le reste. »
Sacré Max, il avait toujours réponse à tout. Il était si convaincant que, je crois, je faisais mienne son idée sans plus de controverse.

Les jours suivant, j'envoyais quelques bouteilles à la mer.

Cathy, effectivement, était super, mais après 6h seulement.
Elle enseignait à l'école locale des beaux-arts.
Une fois lavée, coiffée, maquillée et vêtue de son pull et de ses jeans, elle devenait assez jolie, avec un petit quelque chose dans la silhouette qui la rendait séduisante.
Elle était l'auteur des dessins aux murs, et de la décoration (c'était son mot) en général.
Elle était très désorganisée, mais curieuse de tout, et toujours enthousiaste.
Avec Max, on lui racontait notre rencontre, je lui parlais un peu de mon récent passé.
Elle posait d'incessantes questions, elle voulait tout savoir.
Par pudeur ou par défense, je finissais par lui raconter n'importe quoi, et ça faisait beaucoup marrer Max.
Elle finit par bouder car elle croyait que je la chambrais.

Je traînais au lit le matin.
Max partait souvent de bonne heure.
Cathy n'apparaissait jamais avant 13h.

L'après-midi, j'écrivais deux Curriculum Vitæ que j'allais, ensuite, jeter dans la gueule noire d'une boîte jaune.

C'était ma sortie, ma ballade. J'observais les passants de rencontre. Parfois j'en reconnaissais que j'avais croisé les jours précédents. La petite vieille avec son caniche agressif, la poupée qui ondulait des fesses dont son pantalon moulant de panthère, le flic qui devait se rendre au poste, le guindé, bureaucrate attardé.

Je fini par découvrir l'électrophone, retranché dans sa retraite, il me scrutait, me provoquait, se rebiffait, me défiant de lui faire sortir un son.
J'y parvins, et lui fit un pied-de-nez vengeur.
J'ouïssais enfin un peu de musique. Max et Cathy avaient des goûts éclectiques et divergents, mais cela me permit justement d'écouter des genres totalement différents.
Le crin-crin n'était pas de toute jeunesse, et les disques n'étaient pas plus frais, mais quand on découvre enfin le plaisir que procure Verdi, Bach, Haendel, Grieg, Armstrong, Bechet, Brahms, Beethoven, les Beatles, Brassens, Big Bill Bronzy et tous les autres, on ne le conchie pas.

Un soir de beuverie, un de ces soirs où l'on refait le monde, comme si il en avait besoin, comme si on en était capable, comme si notre opinion avait la moindre importance ou influence, Cathy venait de nous interpeller :
« La philosophie c'est de la merde, ça sert à rien ! »

Max lui répondit
« La philosophie, c'est la recherche de la sagesse, il n'y a plus, aujourd'hui, de grands philosophes, de ceux qui s'adressent au plus grand nombre, la science a définitivement enterré cette sagesse, la science s'est associée à l'économie pour remplir les poches d'un

petit nombre d'initiés sans s'embarrasser de philosophie. »

Se tournant vers moi

« Qu'en penses-tu Yfig, je crois que j'ai lu quelque chose de ce genre dans le bouquin que tu m'avais recommandé, un certain 'Bitasakis' si je n'm'abuse ? »

« Oui, c'est vrai qu' Eftichios Bitsakis nous donne à réfléchir sur l'interaction entre science et philosophie, mais la conclusion est de toi, lui il annonce plutôt la mort de la philosophie en temps que discipline idéologique qui comblait les vides ou les lacunes de ce que la science n'avait pas encore expliqué.

Il tente d'ériger le *matérialisme dialectique* comme nouvelle doctrine philosophique et qui consiste en la contradiction entre le matérialisme et l'idéologie, qu'il nomme *dialectique* c'est à dire l'étude critique des résultats scientifiques et de leur application en ce qu'ils apportent à la qualité de vie et à l'élévation morale de l'humanité. En fait, Engels, disciple de Hegel, et Marx, seraient les fondateurs du 'matérialisme dialectique'. Lénine s'en serait inspiré pour justifier la révolution puis la dictature prolétarienne.

Ca fait peur quand on pense, qu'il oublie d'intégrer ce que d'autres ont mit en exergue et qui est 'l'action', c'est à dire la mise en pratique de ses propres convictions, ce que J.P. Sartre appelle *praxis*.

Ca concerne aussi bien la science, que la politique la religion ou l'économie. On peut disserter indéfiniment sur des thèmes abstraits, des idées, mais nos actes sont définitifs et selon notre niveau de sagesse, donc de philosophie, ils sont ou non en accord avec notre éthique et celle des autres, le tout reposant sur les principes de liberté.

Et c'est ce que Lénine a fait, justement, il a utilisé une théorie philosophique, pour mettre en place (praxis) un système politique, économique et social que Staline a détourné pour son propre compte.
Science sans conscience n'est vraiment que ruine de l'âme.»

« Vous faites chier, j'vais m'coucher. » Fut la synthèse de Cathy.

Max enchaîna
« C'est elle qui a raison, au lit ! . »

C'est Cathy qui ouvrit, par mégarde, la lettre salvatrice.
J'étais convoqué pour un entretien dans une grande société Française du Bâtiment à Vélizy.
La lettre précisait que mes frais de déplacements me seraient remboursés.

Je serrais les fesses en entrant dans le bureau du chef du personnel et mes mains étaient un peu moites.
Il m'accueillit avec gentillesse.
La pièce était grande, sobre et claire. Le bureau était immense comme un paquebot et sans document, juste un encrier, une lampe champignon, un téléphone ébène et un sous-main de cuir brun.
« Nous avons de nombreux besoin en personnel pour notre chantier de Benghazi.
Est-ce que cela vous intéresse ? »

J'étais tout chamboulé. Je m'étais préparé à défendre mon passé, en invoquant l'erreur judiciaire, à vanter la qualité de ma formation militaire avec tous ses avantages, comme le fait d'avoir encadré des

bleusailles, et même à lui parler de mes chantiers familiaux de ma jeunesse.
Et lui, me demandait simplement si j'étais intéressé par Benghazi. C'est où Benghazi ? Ou c'est quoi ? Je me gardais bien de dévoiler mon ignorance.
« Oui Monsieur. » Me contentais-je de répondre. Je bluffais en me disant qu'une fois rencardé sur Benghazi, il serait toujours temps de faire marche arrière.

« Je vais appeler ma secrétaire, elle va vous remettre un dossier listant toutes les pièces à fournir pour votre départ. »
Il l'appela. Puis continua
« Votre rémunération sera composée d'un salaire qui vous sera versé sur votre banque en France et d'une indemnité d'expatriation que vous percevrez sur place en dinars Libyens, vous serez logé et vos frais de déplacements seront pris en charge par la compagnie. »
Ainsi il me parlait de la Libye. Quant à mon compte en banque, j'allais devoir aviser, avec la complicité de Max.
« Donnez-moi votre billet de train, nous allons vous le rembourser. »

La secrétaire pénétra porteuse d'un dossier qu'elle me remit avant de s'éclipser sans un mot, fantôme sans trace dans ma mémoire qui emportait mon billet de train.

« Quand pouvez-vous partir ? » Me demanda le Saint Maritain.

« Je n'ai pas d'engagement. »

Il me fit un beau sourire, ma réponse semblait le ravir.
Je devais être le type de recrue qu'il attendait, poli,
disponible et pas trop curieux.

La secrétaire fit une brève apparition.
Le Chef me rendit mon billet, avec en prime une
enveloppe.
Il se leva, m'invitant à l'accompagner jusqu'à la porte
rembourrée de cuir.
« Appelez-moi dès que vous avez tous vos papiers,
nous allons vous prendre un billet 'open', vous
pourrez partir aussitôt. »

Dehors, j'essayais de reprendre mes esprits en les
aérant de l'air frais de ce mois de Janvier.
On peut pas dire que c'était clair dans ma tête, c'était
plutôt 'Quai des brumes' la nuit avec un réverbère à la
luminosité pâlotte.
Je cherchais un bistro réconfortant du regard, mais la
grande avenue n'était bordée que d'immeubles de
bureau.

Max se voulait rassurant.
« T'inquiètes, Yfig, ça va l'faire. »

« Mais quand même, Max, il m'a posé aucune
question, il m'a même pas dit ce que je ferais. »

« C'est normal, tu sais, y'a personne qui veut
s'expatrier, alors ils forment les gens sur place. »

« Et pour la banque ? »

« On s'en occupe demain, ainsi que de ton
passeport. »

Je pris le dictionnaire de Max sur le bahut. J'évitais tant bien que mal de faire écrouler l'édifice. Quelques livres s'échappèrent comme des lièvres.
Je cherchais la Libye dans les pauvres cartes du dico.
La Libye est frontalière avec l'Égypte, le Soudan et la Tunisie. Benghazi se trouve au bord de la mer Méditerranée et ça c'était très positif car j'ai besoin de la mer.
Puis, je lus ce que le dico disait de la Libye.
Benghazi est la deuxième ville après Tripoli la Capitale.
Kadhafi, son Président, a prit le pouvoir en expulsant manu-militari de son trône le Roi Hydriss.

Il fallait un extrait de casier judiciaire pour le passeport et le visa auprès de l'Ambassade de Libye.
C'était foutu !
Je pourrais jamais partir, pas plus en Libye qu'à Pétaouchnock.

Le casier judiciaire était vierge. Oui, vierge.
Par quel miracle ? Mystère et boules de gomme.

Ma valise était prête.
Cathy me fit la bise sur le quai de la gare, Max m'en sera cinq.
Mon billet m'attendait, ainsi que l'avion, à Orly.

Dans le hall de l'aérogare Sud, une foule bigarrée, cosmopolite, bruyante, bousculante, pressée, bagagée, chariotée, accompagnée, emmaillotée se croisait en tous sens dans un mouvement qui ressemblait à une danse sans maître de balai ni orchestre.
Puis des masses de personnes se compactaient aux comptoirs d'enregistrement.
Des écrans affichaient les numéros de vol, les heures et les portes d'embarquement.
Une voix féminine et monocorde chantonnait des messages dans des langues baroques.
Aujourd'hui que j'ai visité les plus grands aéroports du monde, Orly me paraît bien petit, mais ce jour là, c'était la plus grande construction que j'aie vue.

J'aperçus, avec soulagement, le point infos.
L'hôtesse d'accueil était jeune, belle à croquer, avec des lèvres vermillon et un petit chapeau bleu marine.
Elle m'indiqua, souriante, le chemin à suivre. Je n'ai pas pu décider si son sourire était naturel ou ironique.

Je regardais les passagers de la salle d'embarquement avec curiosité. On reconnaissait les Arabes à leurs djellabas, bien que certains portassent costume Européen.

Une légère anxiété avait fini par me gagner. Je me demandais si j'étais dans la bonne salle. Des gens arrivaient du tunnel par grappes de deux ou trois, discutant, parfois, ensembles.
Une envie de rebrousser chemin se mit à me trotter dans la tête. La peur de l'inconnu faisait une entrée triomphale parmi les occupants de ma personnalité.

L'avion était tout en longueur. J'étais assis côté hublot, et un Italien me tenait compagnie côté couloir.

Lorsque l'avion se mit à bouger, mes sens se mirent à swinguer.

En bout de piste, le pilote lança les moteurs tous freins serrés. La carlingue tremblait, comme prise d'une crise de paludisme.

Je fus collé au siège lorsque le pilote lâcha brusquement les freins. C'est alors que je me rendis compte que l'Italien serrait ma main dans la sienne d'une forte pression.

Je le regardais interrogateur et réprobateur.

« Ye souis désolé qué zé por enn avionn signor. Ye vé vou lacé quand onn sera enn vol. »

On ne peut pas dire que ce Rital me facilitait la tâche pour mon premier vol.

Effectivement, lorsque l'avion fut dans le ciel, le nez en haut, son étreinte se relâcha progressivement, puis il reprit sa main. Je le reluquais, il était couvert de perles de sueur.

Le vol était tranquille. Les hôtesses et stewards s'occupaient de notre petit confort, nous nourrissaient copieusement, comme des sous-alimentés. Je scrutais mon hôtesse, elle était âgée, mais semblait à l 'aise.

 elle s'occupait de ses passagers comme une nounou le ferait de bambins à charge.

Je la trouvais sympa, ses attentions me touchaient et j'avais envie de faire sa connaissance.

Je cherchais un moyen d'entrer en communication, mais ne trouvais rien.

En désespoir de cause, je collais mon nez au hublot.

Apres quelques instants, je repensais à la tâche sur le plafond de ma prison. Mon esprit se convulsa, j'étais pris d'un sentiment étrange de déjà vu et de dédoublement de personnalité. J'avais déjà regarde par ce hublot, j 'avais vu ces nuages, ce ciel infini, j'avais déjà éprouvé cette impression d'immensité, de liberté. Du fin fond de ma geôle, je l'avais vécu ou anticipé.

A l'atterrissage, le scénario de l'Italien serrant ma main comme un forcené se reproduisit.

Je n'étais pas sûr d'avoir tout compris du message en Anglais du commandant de bord, mais il me semblait que nous n'étions pas en Libye. Par le hublot, je vis le nom de l'aéroport : 'LEONARDO DA VINCI ' et plus loin, en plus petit 'ROMA'.

Nous débarquâmes.

L'hôtesse du zing eut le même sourire ambigu que celui de sa collègue Orlyenne.

« Mais oui, Monsieur, c'est normal, vous avez une correspondance à prendre sur ALITALIA pour Benghazi, c'est inscrit sur votre billet. »

Aie, aie, aie.
Ma che correspondanzia ?

« Et ma valise ? » M'enquis-je avec un ton soupçonneux.

« Ne vous inquiétez pas, Monsieur, elle sera mise automatiquement dans votre prochain avion. »

Je n'étais pas du tout rassuré. Tout cela me paraissait biscornu et douteux.

Dans l'aéroport, l'hôtesse d'infos, toute de vert
ALITALIA vêtue parlait Français, heureusement.

J'avais une heure à tuer.
Je pris un 'capucino' au bar. Il me coûta les yeux de la
tête, et le serveur m'affubla d'un tas de noms
d'oiseaux, dont il mimait les parades nuptiales en les
accompagnant d'éructations, parce que je ne laissais
pas de pourboire.

Dans le Boing d'ALITALIA, qui avait une heure de
retard, j'avais un hublot sans voisin.

Lorsqu'il se posa à Benghazi, il faisait déjà nuit.

Nous descendîmes par un escalier sur le côté avant de
l'appareil.
La température était clémente, et mon blouson était
trop chaud.
Nous marchâmes vers la porte d'entrée. L'aéroport
contrastait de celui d'Orly ou de Léornado par sa
vétusté et sa pauvreté. Il y avait peu d'avions sur le
tarmac, et aucun autre de compagnie Européenne.
Bien avant d'atteindre la porte, une longue file
d'attente s'était formée.
Nous piétinâmes de longues minutes avant
d'apercevoir le traitement qui nous était réservé à
l'intérieur.
La file se divisait en deux, les Arabes, et les autres.
Les Arabes semblaient s'évaporer sitôt rejointe la
deuxième file.
Les autres avaient droit à beaucoup plus d'attention.
Les douaniers procédaient à une fouille
particulièrement méticuleuse du corps et des bagages
à main.

Le second barrage avait été dressé par la police qui épluchait les cartes de débarquement et les passeports. Les documents passaient entre les mains de plusieurs policiers qui validaient chacun un point d'identité ou de visa.

Ils voyaient bien, à mon passeport flambant neuf, que je pénétrais sur le sol Libyen pour la première fois, et j'eus droit à un questionnaire serré dans un Anglais approximatif.

Qu'est-ce que je venais faire en Libye ? (Alors que mon passeport contenait un visa business dûment rédigé en Arabe.)

Pour qu'elle compagnie ? (Toujours sur le visa.)

Combien de fois étais-je venu en Libye ?

Y avais-je de la famille, des relations ?

Il y en eut un, surtout, qui voulait absolument traduire et écrire mon nom de famille en Arabe. Il me fit répéter sans fin mon nom, ne parvenant pas transcrire dans sa langue la subtile prononciation de celui-ci. Il m'expliqua que les lettres qui composaient mon nom ne correspondaient pas à la prononciation que je lui en donnais. J'essayais, sans grand succès, de finasser en lui expliquant qu'on peut prononcer les noms propres comme on veut en France.

J'avais tort, il me rappela méchamment que j'étais en Libye, qu'ici, la loi était Libyenne et qu'il en était un des représentants.

Un de ses collègues, que l'éclat avait alerté et qui devait être son supérieur, vint à mon secours. Il me fit, encore une fois prononcer mon patronyme et le traduisit phonétiquement, sans hésiter, en Arabe, l'inscrivant sur ma carte de débarquement.

Dans la deuxième salle, nous nous retrouvâmes avec les autres et les Arabes pour récupérer nos bagages sur des tapis roulants.

A nouveau, deux files étaient à suivre. L'une pour les Arabes, et l'autre pour les autres.
Un deuxième contrôle douanier nous attendait.
Après avoir déballé mes effets les personnels, y compris les plus intimes, le douanier me fit comprendre que je devais me débrouiller pour les remettre en place.
Un Français qui passait devant moi se vit confisquer sa bouteille de vin rouge qu'il avait soigneusement cachée dans une grande serviette de bains.
Une femme, peut être Italienne, vit sa revue de mode censurée à grands coups de feutre noir, sur les photos de femmes en maillot de bain. Elle ne parut pas choquée, elle devait avoir l'habitude.
Derrière nous, je remarquais un autre Français qui se faisait confisquer une rosette de Lyon. Le porc est formellement interdit dans les pays Musulmans.

Je ne sais pourquoi, alors que je me trouvais dans la gueule du loup, s'est imposé à moi de façon imprévisible et incontournable la phrase « Le loup est dans la bergerie » ?
De grands rideaux, faits de lourdes lames de plastique transparentes et sales, laissaient filtrer les passagers qui en avaient fini avec les douanes. Cela me fit penser à un passage ésotérique, comme une sorte d'épreuve rituelle à accomplir. Derrière devait se trouver un autre monde, un inconnu à conquérir.
Je franchis le pas. Une des lames glissa et vint me frapper la joue avec agressivité. Une autre s'attaqua à mon épaule, puis glissant le long de mon bras,

chercha   à m'arracher ma valise. Je résistais, je voulais gagner mon droit de passage.

De l'autre côté, une foule étourdissante, caquetante, bruissante, piétinante accompagnait une musique arabesque que des haut-parleurs diffusaient avec force. Une odeur chaude et humide de sueur et de salive mélangée à des saucisses kébab épicées de rissa, de cumin et de poivron me percuta les narines.

Etourdi par ce brouhaha, je cherchais la sortie, mais en vain. Ce devait être un piège, ou bien je m'étais trompé de salle ?

Un type s'adressa à moi dans un Arabe interrogatif. Devant mon air stupide, il résolut de visiter un autre étranger.

Je restais là, planté au milieu de tout ce vacarme qui m'empêchait de penser, de voir et d'entendre.

Une femme, énorme, et odoriférante me bouscula.

Je sortis soudain du rêve. Je ne peux pas dire que j'aimais cette musique, mais elle ne me déplaisait pas non plus, et puis elle semblait sortir du pick-up de Max tant le son en était rouillé.

Je réalisais, avec stupeur, que j'étais, à nouveau, au lieu d'un de mes voyages à travers la tâche. Les costumes blancs, les visages basanés, les cheveux crépus et noirs, les décors en pastelles fatiguées, tout y était avec le son et le contact physique en plus.

J'aperçus un groupe de quatre ou cinq Arabes qui brandissaient des pancartes avec des noms de sociétés accompagnés pour certains de sigles. Je reconnus le nom de la société pour laquelle j'étais venu là. Au moment de me diriger vers le panneau qu'un bras fin et bronzé tendait, je me sentis comme ivre de tous ces mouvements et c'est en zigzaguant que je m'y rendis.

Je ne savais en quelle langue m'adresser à mon guide. Je le regardais sans prononcer un mot.

« Vous êtes Yfig ? » Me demanda-t-il dans un Français sans accent.

Je répondis un
« Oui » soulagé.

Il prit ma valise et me fit signe de le suivre.
Il était un peu plus grand que moi, les cheveux frisé, le teint très mat et des yeux noirs que protégeaient de longs cils recourbés. Il portait une djellaba blanche, un foulard rouge à carreaux blancs et des babouches usées qu'il traînait en marchant.
L'air du dehors me dégrisa.
Il me fit monter dans un mini car et démarra.
Je m'étais assis à sa droite, juste derrière lui.
La nuit épaisse, les phares à l'éclairage hésitant, ne laissaient rien voir du paysage.
Seules quelques ombres de maisons et d'arbres fantomatiques se profilaient sur un ciel sombre.
Le tacot faisait un bruit épouvantable et je pensais que les suspensions allaient agonir.
Les nids de poule semblaient être plus nombreux que les parcelles bitumeuses.
Désireux d'établir une communication avec mon guide, je cherchais quelque chose d'intéressant à lui dire.
« Vous êtes Libyen ? »
Je regrettais aussitôt ma question. J'avais parlé avant d'en savoir plus, j'aurai dû attendre qu'il entama la conversation, j'étais en position de faiblesse.
« Tunisien »
Il avait répondu d'un ton apparemment neutre, je ne pouvais déceler s'il y avait un quelconque reproche dans sa voix.

« C'est votre première visite en Afrique ? »

« Oui. »

« Vous allez vous plaire, vous allez voir. »

« Comment vous appelez-vous ? » Osais-je.

« Fatih, je suis l'un des trois chauffeurs de la société. »

Au loin, une lueur jaunâtre perçait la nuit. Nous avancions prudemment sur une longue avenue de deux fois deux voies séparées par un terre-plein.
La lumière se précisa, comme un objectif qu'on met au point, et une superbe mosquée de dentelle apparut qui lançait ses minarets effilés et illuminés droit vers le ciel et son maître. Elle était magnifique, d'une sveltesse à vous couper le souffle.
Je demandais à Fatih le nom de cette merveille.

« C'est la mosquée d'Elbradi. » Me répondit-il.

Nous arrivâmes dans la cour d'un immeuble dont la porte à deux battants s'ouvrit d'elle-même, avant que je n'aperçoive le gafir (gardien).

Fatih me conduisit à ma chambre au deuxième étage.

« Ici, c'est la maison des célibataires. » M'éclaira-t-il, en appuyant sur l'interrupteur.

Puis, il m'indiqua qu'il passerai à 8 heures demain, me souhaita bonne nuit et se volatilisa.

Je rangeais mes affaires, mis mon réveil à 6 heures, me couchais et m'endormis.

A huit heures, le lendemain le chauffeur était là.

Le mini-car était bondé. Des célibataires pensais-je, à tort d'ailleurs.
Quelques gars se parlaient dans le bus. Ils parlaient boulot, coffrages à décoffrer, toupies de béton à livrer, VRD de PVC à stabiliser ….
J'essayais de me concentrer sur l'extérieur.

La rue donnait sur des maisons basses de formes carrées avec le plus souvent des motifs crénelés sur les toits. Leurs couleurs étaient majoritairement blanc écru avec quelques maisons de briques brunes. Les trottoirs étaient défoncés et sablonneux, mais assez propres, il n'y avait pas de papier ou autres déchets pour les souiller.
Quelques échoppes, surmontées de panneaux de bois portant des inscriptions en Arabe, offraient une bouche noire à la rue.
Les rues que nous croisions n'étaient parfois que des pistes de terre battue d'où s'élevaient de longues colonnes de poussière aux passages des véhicules.
Un chariot chargé de fruits et légumes, tiré par un âne et guidé par un petit homme avec un turban sur la tête et des babouches aux pieds, bloqua le bus quelques instants avant de continuer sa route.
Quelques hommes accroupis attendaient un transport en commun sur le trottoir tout en discutant.
Le tout baignait dans une lumière vive et chaude sous un ciel sans nuage.

Nous longeâmes un immense garage FIAT que je n'avais pas remarqué la veille.

Nous repassâmes devant la mosquée. Elle était jaune d'œuf, et, bien que moins impressionnante que la veille éclairée dans la nuit, elle était resplendissante sous ce soleil intense et dans ce ciel bleu.
Le car s'arrêta pour accueillir un passager stagnant sur le bord de la route.

Un immense écriteau informait que nous entrions sur le chantier. Le nom de la société et le nom du projet y figuraient en lettres énormes.
Quelques dizaines de mètres plus loin, une basse bâtisse ocre se tapissait à gauche sur un petit tertre qui l'isolait des inondations improbables.
Plus loin un grand bâtiment était pointé par un panneau sur lequel était inscrit en Français « USINE » suivi de caractères arabes que je ne pouvais déchiffrer.
Le mini-car s'arrêta devant les bureaux. Plusieurs personnes en descendirent Fatih me fit signe de descendre et appela quelqu'un qui se dissimulait dans l'ombre de la porte.
Le gars me fit signe de le rejoindre.
« Je m'appelle Omar, et je vais vous conduire au Patron, il vous attend. » Me dit-il.
Le car était reparti en direction de l'usine.

L'intérieur du bâtiment carré était organisé autour d'une assez grande cour intérieure qui hébergeait diverses plantes. Des fougères, des ficus, des acacias et quelques fleurs dont des acanthes.
Un corridor ouvert sur cette cour permettait d'en faire le tour complet. Les portes des bureaux ouvraient sur ce corridor.

La porte du Patron était fermée. Omar la frappa du doigt. J'entrais.

Le Boss était assis derrière son vaste bureau. Il me tendit sa main droite, large et franche, et de l'autre, me désigna un siège devant lui.

Il était bronzé, avec un visage carré, un épais menton et des cheveux coupés en brosse. Je pensais à un mercenaire, un baroudeur, un aventurier.

« Bienvenue sur notre chantier, Yfig, vous nous avez été chaudement recommandé par la DRH de Paris, et je suis sûr que vous vous intégrerez vite dans notre équipe. »

Je ne put m'empêcher de repenser à la brièveté de l'entretien d'embauche.

« Nous manquons de bras, ici, et c'est pas le travail qui manque. »

Combien de fois devrais-je entendre cette phrase toute faite ?

« Nous avons pensé à vous pour la compta, car c'est qu'il y a le plus d'urgence pour le moment.

Nous attendons d'ailleurs Monsieur Barty, le chef comptable, qui doit nous rejoindre.

Avez-vous des questions en attendant ? »

Si j'avais des questions ?

J'en avais des milliers, mais tu sais ce que c'est, dans ces cas là, on est incapable d'en poser une seule.

« Pour les questions d'horaires, d'intendance, de transport etc.. vous verrez tout ça avec Monsieur Barty. »

Je me disais bien, aussi, qu'il n'aurait pas répondu aux questions essentielles. Mais pourquoi la compta ? Je ne connaissais strictement rien à ce métier.

Quelques coups à la porte annoncèrent Monsieur Barty.

Il était obèse, son visage était bouffi et couperosé, ses cheveux gris, graisseux, étaient fileux.

Déculotté, sa chemise de couleur douteuse dépassait sur le côté, alors que son énorme bide débordait par-devant son pantalon plein de tâches et trop large couvrant des chaussures crottées.
Il était mal rasé, en sueur, essoufflé, et derrière ses lunettes dont une des montures était rafistolée avec un sparadrap, il avait un regard bleu vitreux et fuyant.
Sa main était grasse, molle, moite et collante. J'étais horrifié. Ce type allait devenir mon chef. Je pensais que j'étais maudit, qu'on me faisait une mauvaise farce, que je cauchemardais, que j'allais me réveiller et vite oublier tout ça.
Non, le balourd persistait, il s'assit, son cul débordant du petit siège qui gémit sous l'effort.
En plus, il parlait. Ça faisait un son comme un sifflet qui essayerait de traverser la sourde inertie d'une purée, sans oublier les postillons.
« Je suis content que vous soyez là, nous manquons de monde à la compta. »
Il sembla épuisé par l'effort qu'il venait de produire.

Le boss se manifesta, et je crus lire dans son regard, qu'il avait hâte de nous voir sortir de son bureau.
« Bien, Monsieur Barty, vous pouvez vous occuper d'Yfig et lui montrer son bureau. Il y a du travail et plus tôt il s'y mettra, mieux ça vaudra. »

En fait, il s'avéra que « bouffi » était un bon chef car on ne le voyait quasiment jamais. Il passait le plus clair de sont temps enfermé dans son bureau. J'appris, plus tard, qu'il avait un faible pour une certaine marque de whisky dont une bouteille résidait dans son bureau, bien que l'alcool soit interdit de vente en Libye.

Je fus introduit par « bouffi » auprès du service comptable qui se constituait de trois personnes, tous Egytiens, mais dont un avait aussi la nationalité Française, il s'appelait Michel.
Ils parlaient Arabe entre eux et Anglais avec moi, sauf Michel qui parlait Français.
Je ne voyais pas beaucoup de Libyens dans tout ça.

Mon passeport fut réquisitionné afin d'accomplir les démarches de visa. Cela ne me plaisait pas car j'avais un peu l'impression d'être à la merci de l'entreprise, mais c'était le lot commun de tous les expatriés et je me fis une raison.
Les rares Libyens qui travaillaient au projet étaient justement les « Agents de Liaison ». Leur rôle consistait, précisément, à faire la navette entre les ministères et le bureau pour obtenir les visas qui permettaient de résider dans le pays, mais aussi d'y entrer et d'en sortir.
Ils étaient au nombre de quatre, et se promenaient toujours avec un paquet de passeports entre les mains.

On me confia la partie analytique. Je devais reconstituer les coûts de production par chantier et pour l'usine, mais personne ne pouvait me mettre sur la voie, car personne ne savait comment s'y prendre.
J'inventais donc une méthode qui consistait à classer dans un tableau les factures d'achats par chantier.
Je découvris rapidement un certain nombre d'irrégularités, basées essentiellement sur une double facturation que mon système faisait apparaître par comparaison entre les matières livrées et les volumes produits.
Je reçus les félicitations de « bouffi », une des rares fois où je le revis.

Dés les premiers week-end, le vendredi étant le jour férié de la semaine, je m'organisais pour acquérir des cartes de Benghazi et du pays.

La ville était assez sympathique, le centre était d'architecture typiquement Italienne, avec une longue rue principale bordée de chaque coté d'imposantes arcades, sous lesquels il faisait bon se promener, à l'ombre, en léchant les vitrines où étaient proposés de nombreuses marchandises. Des sacs, des fringues, des objets Africains, des montres, des appareils HI-FI, des livres, des disques, des meubles, des chaussures, italiennes bien sûr, etc…

 Cela représentait, pour moi et pour bien d'autres, une concentration d'objets de rêve.

 Ma première paye passa dans l'achat d'une chaîne hi-fi quadriphonique. Ma deuxième dans celui de disques.

Pour obtenir le prêt d'un véhicule, pour le temps d'un week-end, il fallait s'inscrire sur une longue liste.

Je pus enfin partir avec un collègue après plus d'un mois d'attente.

Ma première visite fut pour le site de Cyrène. Je devais y retourner bien des fois ensuite.

Cyrène est l'un des plus beaux paysages, des plus historiques, des plus chargés d'ombres du passé de vestiges et de ruines qu'il m'ait été donné de visiter.

Le tourisme étant interdit en Libye, le site est désert.

Il n'est que peu protégé, et on y accède tout à fait librement.

Kadhafi ayant décrété que la civilisation antique ne doit pas être enseignée ni reconnue officiellement, il n'y a que les Libyens libertaires, les résidents étrangers (que ça intéresse) et quelques rares archéologues qui aient le privilège de pouvoir contempler ces splendeurs.

Cyrène fut d'abord une colonie Grecque avant de devenir l'une des plus grandes cités latines de la Méditerranée.

Le fait que ce site ne soit pas entretenu lui donne encore plus de charme. Les pierres qui formaient des colonnes et des temples jonchent, pour la plupart, le sol, quelques-unes ont été remontées et scellées, sans ménagement,   avec du mortier de ciment frais. Certaines colonnes restées debout, sont ornementées de figures antiques magnifiques.

Le site peut se concevoir en trois parties.

La partie haute, où résidaient les riches marchands, leurs épouses et esclaves, est constitué de palais, de temples et de grandes maisons bourgeoises écroulées dont subsistent les fondations et quelques fours ayant résistés au temps. Le tout, arboré de peupliers d'Italie et de cèdres du Liban.

La partie médiane, dans la pente qui descend vers la mer, où vivotaient les pauvres, les esclaves trop âgés et les étrangers échoués là et où sont encore visibles des tombeaux creusés dans la roche et protégés d'épaisses grilles de fer.

Enfin la partie basse, c'est l'ancien port où vivaient les marins et les bandits de tout poil. Il y a trois kilomètres de pente raide entre la partie haute et le port.

Dans la partie haute a été aménagé un petit musée où sont exposées les fameuses « Trois Grâces », Venus Callipyges, qui furent trouvées sur place, ainsi que biens d'autres richesses archéologiques.

Dans la roche, ont été creusés des thermes qui sont toujours alimentés par de l'eau de source qui s'écoule d'une rigole qui court dans le mur à hauteur d'homme.

Plus loin, une piscine, décorée de petits carreaux de faïence bleue, bouillonne d'une eau limpide. De cet endroit on peut aussi voir toute la vallée qui descend jusqu'à la mer.

Non loin de ce site, au milieu des pins centenaires, se trouve l'hôtel Buyut ash-Shabaab où séjournait fréquemment Mussolini pendant la seconde guerre mondiale. Dans le hall est suspendu un immense et somptueux lustre de cristal façonné de milliers de perles de toutes tailles.
Dans la salle à manger aux dimensions pantagruéliques, on y déguste la meilleure shorba (soupe) que je n'ai jamais mangé.
Les chambres sont très grandes et la robinetterie ne diffuse que de l'eau froide dans un tintamarre de bruits de tuyauterie qui réveille bien souvent les hôtes endormis.

Combien de fois suis-je retourné à Cyrène ? Chaque fois que je le pouvais. Je découvrais chaque fois quelque chose que je n'avais pas remarqué. Je passais de très longues heures en contemplation devant une pierre ou un amas, un monument à demi-ruiné. Je posais mes mains sur les colonnes ioniques et les écoutais me parler du temps jadis. Je collais ma joue aux marches des arènes et les acteurs revenaient jouer une fois encore pour cet unique, mais terriblement assidu spectateur, les oeuvres d'Eschyle. Sophocle ou Euripide. J'imaginais la vie de ces anciens, leurs jeux, leurs bains, leurs conflits, leurs joies et leurs peines. Je les partageais.
Ou bien, encore, je voguais sur une galère faisant commerce d'amphores emplies d'olives, de vin ou de parfums.

Une autre fois, je te parlerais de « Tolmeïta », un autre site non protégé, un port dont les traces s'enfoncent dans la mer, plus prés de Benghazi, mais moins dense en vestiges.

Une semaine auparavant, j'avais fait une demande de carte consulaire. Je reçus une invitation à me rendre au Consulat pour la retirer.
Le Consulat était un bâtiment cossu que protégeait de hautes grilles et une grande porte de fer forgée devant laquelle se tenait une sentinelle assis dans une guérite.
Il fallait montrer patte blanche pour entrer.

La secrétaire, femme sans caractère spécifique, m'introduisit dans un bureau.

L'homme, qui était assis à son bureau, se leva et vint à moi la main tendue.
De même taille que la mienne, visage bronzé, cheveux bruns avec une coupe intellectuelle, des yeux noirs expressifs, une petite bouche souriante, costume pur fil d'Ecosse de couleur claire, cravate grise avec une pince en or, gourmette au poignet droit, montre jaune au poignet gauche des chaussures marron de marque Italienne, l'homme ressemblait à un play-boy de revue de mode.
« Bonjour Monsieur, je me présente : Jacques de Saint Juste, agent Consulaire » Il parlait, aussi, comme une revue de mode.
Il me fit asseoir, me demanda si je souhaitais une boisson « chaï o kahoua » (Thé ou café). Il passa la commande à la secrétaire et revint s'asseoir.

Il ouvrit un tiroir et me tendit une enveloppe de kraft sans un mot.

La lettre disait :

«
Mon Colonel,

Nous vous avons fait recruter par la société X car
nous avons besoin de vos compétences en Libye.
La France vous demande de lui rendre service, La
France a besoin de vous.

Votre formation militaire vous a préparé à cette tâche
de la plus haute importance pour votre Pays.

Vous serez prochainement affecté à une nouvelle
responsabilité dans la société X.
Cette position vous permettra de remplir la mission
que nous vous confions.

La France vous sera reconnaissante.

                          Colonel Viard
»

La lettre dactylographiée n'était pas signée, mais j'en
reconnaissais le style.
Je regardais le diplomate avec incrédulité.

« Voici, tout d'abord, votre carte consulaire. »
Il me donna le document.

« Je dois à présent vous parler de cette mission
qu'évoque la lettre du Colonel. »

Je commençais à sentir des frissons parcourir tout mon corps. Avais-je attrapé une mauvaise grippe ?

J'allais protester et refuser toute mission, mais il ne m'en laissa pas le temps.
Il était péremptoire et ne semblait pas douter un instant de ma coopération.
« Votre nouvelle fonction vous conférera la responsabilité des passeports et des visas, à ce titre, nous vous demanderons de faire établir un visa de résidence pour une personne que vous n'aurez pas à connaître, et qui vient en Libye pour une affaire d'Etat. »

« Pourquoi ne le faites pas vous-mêmes ? » Demandais-je en devinant la réponse.

« Cette personne ne doit pas être considérée comme diplomate, elle doit pouvoir rester libre de ses mouvements. »

« Mais pourquoi, alors, ne pas l'avoir fait recruter par la société comme vous l'avez fait pour moi ? »

« Vous devez obtenir un visa pour cette personne, sans que le nom de la société soit mentionné. »

« Comment puis-je faire ça ? »

« C'est justement votre mission. »

Nous restâmes silencieux.
J'étais perplexe, je me sentais manipulé avec un sentiment d'impuissance à résister, et au fond de moi, cette curiosité, cette envie de savoir, d'aller plus loin,

de saisir l'occasion malgré les risques qu'elle pouvait comporter.

La secrétaire nous apporta les cafés.
Nous les bûmes en silence.

« Un chauffeur du Consulat vous apportera le passeport lorsque vous aurez pris vos nouvelles fonctions. »
Il ajouta en se levant pour me raccompagner,
« J'ai été heureux de faire votre connaissance. »
La lettre du Colonel Viard était restée sur son bureau.

Je me disais qu'un autre aurait certainement beaucoup apprécié d'être sollicité de cette façon.
« La France à besoin de vous »
« La France vous sera reconnaissante »
C'est le genre de flatterie que tout un chacun aimerait qu'on lui sorte. Mais l'expérience m'avait appris à être prudent et à contrôler mes émotions.
Mon sentiment était plutôt empreint de scepticisme, l'impression de manipulation que j'avais ressenti pendant l'entretien avec maître Jacques perdurait, et même s'enflait de la conviction de ne pas pouvoir échapper à la mission que je n'avais pas suscitée.
J'avais enfin une explication à la facilité avec laquelle j'avais été recruté par cette société.
Je réfléchissais au moyen de contrecarrer les plans du Colonel. J'optais pour la solution de résistance passive. Je ne ferais rien, je laisserais traîner les choses pour finalement annoncer que je n'avais pas réussi à obtenir le visa demandé.

Je savais ce que je risquais en adoptant cette échappatoire, mais le temps jouerait peut-être en ma faveur, et puis c'était la seule façon que j'entrevoyais de regimber sans me mettre en tort.

Je fus rapidement nommé à mes nouvelles fonctions.
Je connaissais déjà un peu ce service, y ayant eu recours pour l'obtention de mon permis de travail, mais je fus surpris par le niveau de désorganisation.
Je décidais de mettre de l'ordre dans cette anarchie.
Ne lisant ni écrivant l'Arabe, je m'appuyais sur Omar, le factotum Tunisien à qui je demandais de traduire les divers formulaires administratifs.
J'étudiais scrupuleusement, mais discrètement, les résultats obtenus par les différents agents de liaison dans leurs démarches. Un permis de travail demandait en moyenne 2 mois, mais l'agent Abdulaî mettait 1 mois seulement quand Malik, lui, mettait jusqu'à 4 mois. Par contre Malik ne prenait que 15 jours pour obtenir un visa d'entrée-sortie et Alim demandait 1 mois pour le même visa.
Sur cette simple observation, je décidais de spécialiser chaque agent. En fait il s'avéra que les délais étaient étroitement liés aux relations personnelles que les agents entretenaient avec les fonctionnaires du Ministère.
Je décrétais que les passeports et les demandes devaient transiter par moi.
En quelques semaines, une nette amélioration se fit ressentir.

Les nouvelles vont vite chez les expatriés, c'est un monde clos où les sentiments et les relations sont exacerbées du fait de l'éloignement et des contingences locales. La moindre amélioration, comme la moindre dégradation dans les conditions de vie y sont perçues et critiquées ou appréciées avec exagération.

J'avais fraternisé avec un chef de chantier Italien, Luciano, qui m'avait invité chez lui pour me remercier d'avoir fait diligence pour faire venir sa famille : sa femme, Juliana et ses deux filles.

Ce qui m'avait plu dans ce couple, c'était leur histoire personnelle. Ils ne connaissaient pas Shakespeare et donc ne l'avaient pas lu.

Voici l'histoire qu'ils me racontèrent :

Ils vivaient tous les deux à Vérone où ils avaient fait connaissance. Lui travaillait déjà et elle était étudiante. Il avait 22 ans elle en avait 17. Leurs parents respectifs n'appréciaient pas du tout cette relation en raison de la différence d'âge. Après 2 années, Luciano décida de demander la main de Juliana. Lorsqu'il se présenta aux futurs beaux-parents, il fut mis à la porte sans ménagement et ils lui interdirent de jamais revoir leur fille.

Mais les amants de Vérone s'aimaient d'un amour véritable et il décidèrent de fuir ensemble.

La police les retrouva et ramena Juliana chez elle, mais Luciano fut convoqué chez le juge pour enlèvement. Juliana l'accompagna et ils narrèrent leur aventure au juge en menaçant de se tuer si on les séparait. Le magistrat, lui, devait avoir lu « Roméo et Juliette » car il les prit très au sérieux et décida l'émancipation de Juliana. Ils purent enfin se marier et vivent toujours ensemble.

Bernard était un conducteur de travaux qui avait une très mauvaise réputation, celle de faire porter le chapeau de son incompétence sur les chefs de chantiers dont il avait la responsabilité. Luciano fut l'un de ceux-là. Bernard accusa Luciano d'être responsable d'un retard important sur une livraison de panneaux de béton vibré préfabriqué, et Luciano fut renvoyé du chantier. Je n'avais pas du tout apprécié cet incident.

Mes deux succès consécutifs me montèrent rapidement dans l'estime de mes collègues. Ma position était d'autant plus stratégique, que la réduction d'un délai pouvait changer leurs conditions de vie, surtout en cas de problème personnel nécessitant leur retour en France immédiat.
Ma récompense ne fut pas longue à venir via l'attribution d'une voiture de fonction.

Après quelques mois, je quittais l'immeuble des célibataires pour un petit appartement, dans un immeuble cossu dans la banlieue chic de Benghazi.

Les Libyens qui travaillaient avec moi appréciaient également mon organisation du service qui leur ôtait un certain stress en évitant bon nombre de conflits avec les expatriés. C'est ainsi que peu à peu je m'en fis des confidents et des amis. J'apprenais un peu d'Arabe avec eux ils l'appréciaient que je leur serve quelques phrases usuelles, le plus souvent de politesse.
Bientôt, je fus invité à leurs libations.
Nous nous rendîmes chez Malik, un midi. C'était exceptionnel et un grand honneur de pénétrer dans l'intérieur d'une famille Libyenne.
Ma plus grande surprise fut la simplicité de l'appartement, son côté Français moyen, sans luxe, sans photo de Kadhafi aux murs ni icône ou texte religieux.
Deux femmes non voilées nous accueillirent, c'était en contradiction avec le comportement publique et la

loi coranique. Elles étaient assez jolies les deux sœurs
de Malik.
Nous nous installâmes au salon et Ouffik, son frère,
sortit un paquet de hachisch enveloppé dans un simple
papier journal.
« C'est le meilleur, du Libanais. » Me dit Ouffik.
Il préparèrent 5 cigarettes roulées.
Ils allumèrent une cigarette qui passa de bouche en
bouche.
Je n'aspirais pas assez fort, à la quatrième,

« Ca ne me fait rien. » Dis-je.

« Attends un peu. » Me répondit Malik, et il sortit une
pipe. Il mélangea le tabac au hachisch dont il bourra
la pipe.
Il l'alluma, tira quelques bouffées, puis me demanda
de fumer. Il prit le fourreau entre ses mains, et
pendant que j'aspirais, il souffla dans la pipe.
Après une dizaine de bouffées je ressentis un drôle
d'effet.
La pipe passa aux autres.
J'avais très chaud, et l'impression d'avoir ingurgité
une bouteille de whisky. La tête commença de me
tourner et le mal de cœur s'insinua. La pièce
changeait de dimensions et de formes, elle n'était plus
carrée, mais ovale, les coins disparaissaient et mon
champ de vision s'élargit considérablement aussi bien
verticalement qu'horizontalement. Je riais sans raison,
et je voyais que les Libyens riaient aussi. Leurs gestes
s'étaient accélérés, comme lorsqu'on est ivre, mais en
plus ils étaient décomposés, c'est à dire que certains
de leurs mouvements se déroulaient au ralenti. Le
fauteuil sur lequel j'étais assis se mit à tanguer, ou à
flotter, je ne sais plus. Il se déplaçait en tout cas, car je
m'approchais de Malik sans qu'il bougeât. Je voyais

son visage comme dans un zoom, et ses yeux étaient tout blancs, révulsés.

Je réagis. Je ne voulais pas me soumettre à la soudaine envie qui me prenait de m'allonger là et de m'endormir. Une des sœurs s'était assise à côté de moi et avait posé sa tête sur mon épaule. Elle avait sa jupe remontée jusqu'en haut de ses cuisses dorées et ronronnait comme un félin. Ouffik me regardait bizarrement, il semblait m'inviter à m'occuper de sa sœur, mais son regard était désapprobateur. Je compris que son conscient et son subconscient se livraient une lutte acharnée entre morale et vice. La drogue le portait vers la luxure voyeuriste, et sa morale se révoltait. Je n'oubliais pas que j'étais là pour gagner leur confiance, et j'essayais de me relever. Plusieurs tentatives furent nécessaires, d'autant que sa sœur s'accrochait à ma manche.

Je quittais l'appartement en titubant et en repoussant les murs qui cherchaient à me ceinturer.

Je retrouvais ma voiture, je devrais dire mon voilier, car elle gîtait comme un bateau ivre.

Je stoppais au croisement d'autres véhicules, et je devais avoir une mine étrange car les chauffeurs et leurs passagers me dévisageaient avec insistance.

Arrivé à la chambre, je m'allongeais. J'eus une révélation, celle de la Connaissance Universelle, le principe en était simple, tout est géré par les couleurs et les sons. Chaque concept peut être traduit par le mélange des couleurs et des sons, et c'était à la fois simple et inaccessible car tellement anticonformiste et anticartésien que ça n'était pas concevable. Plus le mélange des couleurs et des sons était subtil et délicat, plus le concept était élevé. C'était très beau.

Je m'endormis.

C'est un irrémissible besoin de drogue qui me réveilla. Je mesurais le danger et la facilité de l'accoutumance. Je décidais que cette expérience serait unique.

Lorsque le chauffeur du Consulat fut introduit dans mon bureau par Omar, j'avais oublié ma rencontre avec le Jacques. Il me remit une enveloppe sans marque et repartit.

L'enveloppe contenait un passeport et un mot non signé :
« Veuillez établir un visa d'entrée-sortie pour une durée d'1mois pour la semaine prochaine.
Le chauffeur viendra reprendre l'enveloppe.
Détruisez cette note après lecture. »

J'ouvris le passeport.
La photo en couleur était celle d'une jeune femme de 25 ans de nationalité Française. Son prénom était Ludmilla.
La jeune femme portait de longs cheveux auburn lui descendant sur les épaules, des yeux verts, quelques tâches de rousseur sur le front et les joues, et un sourire de Joconde. Elle était très séduisante et mystérieuse.
Elle m'envoûta dès que mon regard croisa le sien.
J'oubliais aussitôt mes velléités de passivité pour réfléchir au meilleur moyen d'obtenir ce visa en si peu de temps. De plus il me fallait trouver une justification pour ne pas impliquer la société dans cette démarche.
Depuis notre petite fête, Malik était devenu un frère pour moi, mais il ne manquerait pas de s'étonner et de me questionner.
La famille est très importante pour les Arabes, je lui racontais qu'une cousine de Bernard, le conducteur de travaux félon, souhaitait lui rendre visite et faire un

peu de tourisme pendant son mois de vacances. Il était assez dubitatif voire goguenard. Il me lançait des coups d'œil complices et insinuants.
Le plus difficile était d'obtenir le visa en une semaine. Un bakchich fit l'affaire. Je pensais qu'il me faudrait me faire rembourser cette somme par le Consulat.
Tout se passa bien, le chauffeur vint chercher le passeport et disparut. La belle inconnue aussi.

La société avait fait l'acquisition d'une plage privée, et nous y faisions de la voile et autres sports nautiques le vendredi seul jour férié dans les pays musulmans.
En ville, j'avais pris l'habitude de traîner dans le souk. Véritable bazar constitué de tas de petits commerces à l'étalage et qui regorgeaient de marchandises aussi étranges que surprenantes. Une foule compacte et bigarrée s'y prélassait, tuant le temps, tout comme moi, en errance inutile.
Le soir, je pensais à ma belle inconnue. Que venait-elle faire dans ce pays ? Quelle mission accomplissait-elle ? Pourquoi ne devais-je pas la rencontrer ? N'aurais-je pu l'aider ?
Je comptais les jours.
Un mois se passa, la belle devait être repartie à présent.
Sur le chantier, il n'y avait que des femmes mariées, épouses des ouvriers et des cadres. Les célibataires étaient parfois invités chez les couples, on jouait des parties de cartes ou d'autres jeux de société.
Je proposais de créer une troupe de théâtre amateur. Mon idée reçut un accueil chaleureux. Un Français, qui enseignait à l'Université de Benghazi, écrivit pour nous une piécette qui enthousiasma l'auditoire.

Deux mois maintenant s'étaient écoulés depuis l'affaire du passeport, et les traits de la photo s'étaient estompés de ma mémoire.
Le chauffeur du Consulat vint me chercher sans avertissement, il n'avait pas d'explication à me fournir, il devait seulement me conduire auprès d'une personne qui m'attendait.
Je prenais mon temps pour mettre de l'ordre dans mes affaires et il commença à s'énerver.
« Quelle est ta nationalité ? » Demandais-je.

« Je suis Tchadien, et le Français a dit que c'est urgent » Trépigna-t-il.

Il ne m'emmena pas au Consulat, mais dans un petit immeuble du centre ville.

L'appartement était presque vide, visiblement il n'était pas habité. L'homme qui m'attendait était un inconnu pour moi. Il devait avoir la cinquantaine, les cheveux grisonnants, des yeux qui sortaient de leurs orbites, des points noirs au coin du nez, l'index et le majeur de sa main droite étaient brunis de nicotine et il portait un costume sombre de mauvaise qualité tout froissé sans cravate.
Un clope éteint pendait de sa lèvre inférieure, comme scotché.

Il semblait particulièrement soucieux.

« Vous souvenez-vous du petit service que nous vous avons demandé, il y a quelques semaines ? » Commença-t-il.
Il ne s'était pas donné la peine de se présenter.

« Oui. A ce propos, j'ai dû payer un bakchich que j'aimerais récupérer. »

« Nous sommes très inquiets pour cette personne, sa mission consistait à vérifier l'existence d'un camp d'entraînement Palestinien et à nous en procurer les coordonnées. »

« Pourquoi l'avoir choisie ? »

« Pour ses compétences en télécommunication, en cartographie et son expérience du Moyen-Orient.
Nous redoutons qu'elle se soit trop approchée du camp et se soit fait prendre, ils peuvent l'accuser d'espionnage, ce qui est terrible dans ce pays. »

« Elle connaissait ce risque ? »

« Nous faisons encore appel à vous, Yfig, nous souhaitons que vous retrouviez sa trace. »

« Et si je la trouve, que dois-je faire ? »
Un long et lourd silence suivit cette question.

« Rien, vous nous communiquez ses coordonnées et si possible son état et le maximum d'informations que vous pourrez collecter sur le camp. Nous nous occuperons du reste. »

« Je travaille, ici, quand dois-je opérer ? »

« Le plus tôt possible, prenez deux jours de congés si nécessaire. »

« Qu'ais-je à gagner dans cette affaire ? »

« Vous n'avez pas signé votre réengagement en quittant l'armée, nous ne pouvons pas vous rémunérer pour cette raison. »

« Pourquoi n'opérez-vous pas par vous-même ? »

« Ce n'est plus de mon âge, et nous n'avons plus le temps de faire venir un autre agent, vous êtes le seul à avoir une réelle qualification pour une telle mission. »
La flatterie ne fait jamais de mal sur le coup, mais il y a parfois des effets de bord.

« Et le bakchich ? »

« Combien ? »
Il me remboursa la somme que j'avais avancée.

« J'ai besoin d'une arme. »

« Avez-vous une préférence ? »

« Oui, je souhaite un Hämmerli model 280 calibre 32 avec silencieux. »

« Vous l'aurez demain matin.
Quand vous mettez-vous en route ? »

« Sitôt que j'aurai l'arme et ses munitions.
Dites-moi également dans quelle direction vous avez envoyé cette fille»

« Nous avons repéré des convois Palestiniens entre El Beïda et Cyrène.

Venez demain vers six heures à cette adresse, je vous remettrai ce que vous m'avez demandé. »

Je n'avais pas vraiment prit le temps de réfléchir, L'idée de venir en aide à la belle Arlésienne m'était un motif suffisant, l'occasion de la voir, de vérifier l'effet que sa photo avait suscité en moi.
En sortant de l'immeuble, je passais au centre ville faire quelques emplettes. Quelques provisions, un pantalon noir ample et un polo de même couleur, des chaussures montantes et solides, une paire de jumelles infrarouge puissantes, une djellaba blanche une paire de babouches, un turban noir, une lampe stylo et une toile cirée légère que j'introduisis avec le reste dans un sac à dos que je trouvais au souk. J'achetais également un poignard que je choisissais avec un soin méticuleux et une boussole que je mis dans ma poche.
Je passais ensuite chez un médecin pour obtenir un arrêt de travail, que je remis à un collègue.
Je me mis au lit de bonne heure.

A six heures, le lendemain, je recevais, des mains de l'homme aux cheveux gris, deux paquets. Je les ouvris.
Le Hämmerli est une arme de poing semi-automatique. Son originalité est d'être fait de fibre de carbone, ce qui la rend très légère et indétectable aux rayons X. C'est d'ailleurs l'arme des terroristes Libyens qui l'ont choisie pour ces mêmes qualités.
Je pris la route de Cyrène.

Arrivé à Cyrène, et malgré ma concentration, je n'avais remarqué aucune autre route.
Le grisonnant se serait-il fourvoyé ?
Je poussais 100 km plus loin sans plus de succès.

Je décidais de m'en remettre à l'information et rebroussais chemin.

Après Cyrène, revenant sur El Beïda, je réfléchissais aux petits tas de pierres que l'on peut apercevoir non loin de la route.

Je m'étais fait expliquer cette coutume des bédouins qui marquent ainsi leurs routes. Ils amoncellent quelques pierres qui leur servent ensuite à repérer un sentier ou même une piste non balisée et qui mène on ne sait où.

Arrivé à El Beïda, têtu comme un âne, je reprenais la direction inverse. Je me concentrais sur les amas de pierres.

Quelque chose avait retenu mon attention, mais j'étais incapable de dire quoi.

Voilà, ce tas là n'était pas comme les autres, plus haut, trop bien assemblé, il sortait du lot. Mon véhicule de fonction n'était pas prévu pour le tout terrain, et je me doutais que le camp, si c'était bien lui que balisait ce signalement, ne serait pas en bordure de route. Et puis, de jour il y avait un grand risque, sur un terrain aussi désert, d'être immédiatement repéré.

Je m'engageais dans une route opposée à celle repérée jusqu'à ce que je trouve un endroit suffisamment discret pour abandonner le véhicule.

Le moment de me transformer en bédouin était venu.

Sous la djellaba, le sac à dos formait une bosse anachronique, mais les Arabes ne sont pas choqués outre mesure par l'anachronisme.

J'avançais comme je l'avais vu faire par les bédouins, à pas mesurés, en zigzaguant pour éviter le moindre obstacle. Il faut dire que le terrain est si rocailleux et accidenté qu'une foulure ou une entorse ne sont pas choses rares, surtout lorsqu'on porte des babouches

La tête baissée, je regardais la ligne d'horizon le visage caché par la capuche.

J'avais préparé quelques phrases en Arabe que j'avais apprises par cœur, pour le cas ou je serais intercepté.

Je transpirais. Le soleil du mois de mai est chaud et sec, le vent est brûlant dans le désert.

J'avançais péniblement, je n'avais plus besoin de simuler, je devenais un vrai bédouin.

Je croisais une forme blanche sur babouches. Il me salua,

« Salam Ô Alikoum »

Je lui répondis

« Ô Allah ma toula Ô ballakâatou »

Il continua son chemin, moi le mien.

Me retournant, je constatais que je n'avais pas parcouru le chemin estimé, la route était toujours visible et je montais, à présent, un promontoire qui, je l'espérais, me laisserait apercevoir le camp.

Avec ces fichues babouches, j'avais les pieds tordus, fourbus, enflés, blessés. Abandonnant cette partie de mon déguisement, au risque d'être démasqué, j'enfilais mes brodequins. Ma marche devint beaucoup plus efficiente.

J'avançais rapidement. La première crête franchie, il y en eut une seconde, à environ trois kilomètres, puis une troisième, une quatrième.

J'avais dû parcourir une bonne trentaine de kilomètres et je commençais à douter fortement de jamais trouver aucun camp.

« Qu'est-ce que je fous ici ? » M'introspectais-je.

J'avais extrapolé, partant de quelques cailloux disposés différemment, que le camp serait dans cette direction, mais aucun autre signe n'était venu corroborer cette hasardeuse hypothèse. Le jour déclinait rapidement, et j'allais me retrouver, de nuit, en plein désert pour rien.

Ce n'était pas grave en soi puisque je m'étais équipé en prévision d'une telle éventualité, mais je m'inquiétais surtout du temps perdu, s'il fallait maintenant rebrousser chemin, je perdais toute chance de retrouver Ludmilla.

Obstiné, de par mes origines Bretonnes, je me fixais la prochaine colline comme objectif avant de remettre en cause ma stratégie. De toute façon, mes jambes ne me conduiraient pas plus loin.

Arrivé au sommet de la bute, je décidais de m'installer pour la nuit qui était tombée à présent.

Je cherchais un enfoncement qui me protège du vent froid de la nuit. J'étendais ma toile cirée au-dessus et la bloquais par quelques grosses pierres, ne laissant qu'une ouverture pour m'y glisser.

Les yeux levés vers le ciel si pur de ce pays en cette saison, je prenais le temps de contempler les étoiles, elles resplendissaient tels des diamants précieux, la voie Lactée était si nettement visible qu'on aurait pu la croire à portée de main. J'imaginais mon voyage sur cette route blanche qui jouxte les astres et rejoint les galaxies entre elles, des rencontres merveilleuses et imprévisibles, des échanges, des aventures dignes de science fiction, de bonnes et de mauvaises fortunes, l'immortalité peut-être.

Concentré sur ma rêverie, ce n'est qu'une fois allongé sous cette précaire protection que je perçus les premiers bruits de moteurs. A ma gauche, un convoi de deux véhicules, un camion qu'accompagnait une jeep, se dirigeait vers le sud, la direction que j'avais choisie. Je les suivis à la jumelle infrarouge jusqu'à ce qu'ils disparaissent derrière la colline suivante. Je me concentrais, alors, sur le vrombissement des engins. Pas de doute, ils venaient de s'arrêter.

Je me hâtais de replier mon campement de fortune et me remis en route. De nuit c'était encore plus ardu, mais la perspective de toucher enfin au but me donnait le courage nécessaire.

J'avançais prudemment évitant de faire rouler des pierres dont la chute pourrait me faire repérer.

En vue du camp, je m'installais comme la fois précédente.

Je retirais ma djellaba et mis mon turban noir comme l'eut fait un Touareg.

C'était une citadelle, une construction fortifiée avec deux tours à créneaux.

Cela ressemblait à un château fort en beaucoup plus petit au sein duquel une grande place abritait des bâtisses de briques et de bois. On y pénétrait par une unique entrée gardée de deux sentinelles qui ne semblaient pas très préoccupées.

J'observais attentivement les mouvements à l'intérieur de la place forte.

Des hommes en treillis déchargeaient le camion qui venait d'arriver. Ils prenaient le temps de discuter entre eux, ils étaient calmes, et certainement sûrs de leur quiétude.

Je comptais trois bâtiments en bois. C'était dans l'un d'eux que les soldats stockaient les caisses descendues du camion. Celui-ci était éclairé de l'intérieur, et des projecteurs puissants illuminaient la cour. Les deux autres bâtiments n'étaient pas éclairés.

Ludmilla pouvait se trouver dans l'une des ailes du château ou dans l'un de ces bâtiments. La nuit risquait d'être longue.

Je me mis à penser à Max.

Je le considérais comme responsable de ma situation, et je me disais qu'il m'aurait certainement chambré de me voir dans cet accoutrement, il m'aurait surnommé le « James Bond Libyen ».

Ma pensée se mit à surfer sur le Colonel Viard, mais sans s'y accrocher vraiment.

J'avais un plan simple mais risqué, je n'allais pas me contenter de repérer les lieux, j'allais sortir la jouvencelle de ce château. Je me sentais Robin des Bois plus que James Bond.

J'allais m'accorder trois heures de sommeil avant de passer à l'action, le temps jouerait en ma faveur, les Palestiniens profiteraient bien de leur nuit, et leur attention, déjà bien faible, deviendrait bientôt inexistante.

Je réglais ma montre alarme sur minuit et commençais à m'installer pour dormir. Juste un dernier coup d'œil dans les jumelles …. Un gardien traversait la cour avec quelque chose qui ressemblait à un plateau.

Il entra dans le baraquement de gauche. Une petite lumière se fit remarquer. Le gardien ressortit, ma la lumière resta visible. J'en déduisais qu'il avait l'intention d'y retourner pour reprendre le plateau et fermer la lumière.

Je m'endormais.

Ma montre vibra et me secoua le bras comme un noyer qu'on gaule.

Je rangeais mon campement de fortune et me mis en route.

J'avançais prudemment en scrutant régulièrement le château dans mes jumelles. Les deux vigiles de la porte semblaient bien endormis.

Je fis le tour de la place forte par la droite, c'était un long chemin, mais je voulais voir si je pourrais trouver une entrée plus accessible.

Effectivement, le mur d'enceinte s'arrêtait après la dernière tour. Je poussais un peu plus loin, par prudence.

J'atteins enfin la place. Je longeais le mur qui reprenait là, et j'avançais droit sur les véhicules gares sagement.

J'étais sur le qui-vive, une armée de mitraillettes pouvait surgir à la première alerte. J'inspectais les véhicules, comme je le pressentais, ils avaient tous leurs clefs de contact dans le neyman.

J'optais pour la Jeep, je tournais la clef pour vérifier la jauge de carburant, elle était à moitié. Je déposais mon sac dans la Jeep. Je jetais toutes les autres clefs dans le sable, et crevais les deux pneus avant des autres engins à l'aide de mon poignard.

Je me dirigeais ensuite vers le baraquement où devait se trouver Ludmilla. J'avais un espace à découvert à traverser, je jetais un regard circulaire, mais de toutes façons, il était trop tard pour reculer.

Je bondis jusqu'à la porte, encore une incertitude, était-elle ouverte ? Oui. Je jouais de chance. Je pénétrais dans la pénombre et ouvris ma lampe stylo. Son faible halo n'éclairait pas grand chose, mais d'un autre côté, le risque d'être vu était moindre. Le vestibule donnait sur trois portes, je pris mon Hämmerli en main et les ouvris avec beaucoup de délicatesse. Ludmilla était allongée sur une paillasse dans la pièce derrière la troisième porte.

Elle dormait. Je lui mis la main sur la bouche pour éviter toute bruyante surprise, mais elle dormait profondément. Ma conclusion ne fut pas longue, elle était droguée. Je chargeais l'endormie son mon épaule et repris le chemin vers la sortie. Je transpirais sous mon turban, mais surtout je redoutais une mauvaise rencontre qui m'eut obligée à me servir de mon arme. Les conséquences en seraient redoutables. C'est une chose de dérober une otage, c'en est une autre de perpétrer un meurtre. Le chevalier blanc se transformerait en assassin rechercher par toute une escouade de militaires, de flics, de fonctionnaires, d'espions avec une toute particulière diligence.

J'arrivais à la voiture sans encombre. Je déposais délicatement Ludmilla sur le siège arrière. Un rapide coup d'œil circulaire m'informa que rien n'avait bougé. Le plus difficile restait à venir, je ne pourrais éviter le grand ramdam qu'allait déclencher le bruit du moteur. Il fallait qu'il démarre au quart de tour et que je fonce sans hésiter. Je pris une grande bouffée d'air, je me concentrais, je tournais la clef.

Allah est grand ! Pensais-je en embrayant la première. J'étais déjà sur la porte, un gardien encore endormi me regarda étonné et pantois. Puis il se mit à crier, à braire comme un âne. J'étais loin lorsque je perçus quelques détonations d'une arme automatique.

Je fonçais sur la piste. Mais quelle piste ? Il n'y en avait pas ! Mes phares n'éclairaient que du sable et des cailloux. Je sortis la boussole de ma poche. Je fis un point rapide et m'engageais vers le nord.

Je me demandais combien j'avais d'avance sur mes poursuivants.

Ils allaient changer les pneus et se lancer à ma poursuite. J'évaluais mon avance à un quart d'heure environ. Je roulais droit au nord, m'arrêtant tous les kilomètres pour vérifier ma route. Lorsque je rejoignis la route bitumée, je ne savais pas si mon véhicule se trouvait à droite ou à gauche. Si on le retrouvait, c'était signé, une voiture de société se retrouverait rapidement.

Une chance sur deux. Je pris à droite. Cinq minutes plus tard, je repérais le tas de pierre signalant le camp Palestinien. Je retrouvais mon véhicule dans lequel je transbahutais mon fardeau. Je me hâtais de rejoindre la route et filais à toute allure vers Benghazi. Les feux dans mon rétroviseur, ne pouvaient être que ceux de mes poursuivants, mais la petite Fiat donnait son maximum. Les feux s'éloignaient, lentement mais inexorablement.

A El Beida, je décidais de faire demi-tour. C'était très risqué, mais je tablais sur cette improbabilité pour dérouter mes poursuivants, et d'autre part, je redoutais que des barrages aient été mis en place après une probable alerte radio.

Ludmilla commença à se manifester. Je lui donnais un peu d'eau.

Je croisais le convoi à la sortie de la ville. J'éteignis les phares et me garais sur le bas côté.

Ludmilla était forte, et comprit rapidement la situation. Je lui proposais de trouver un hébergement dans cette ville jusqu'à ce que les possibles barrages soient levés.

Mais elle me fit justement remarquer qu'une Européenne rousse ne passerait pas inaperçue. Je regrettais de ne pas avoir penser à me fournir en teinture.

Je revins vers El Beïda et pénétrais dans la ville. Je cherchais un endroit calme et sombre. Je réfléchis. Les Palestiniens devaient chercher une Jeep, pas une Fiat blanche. Ils devaient également penser que la Jeep était devant eux.

Le principal risque restait les barrages Nous attendîmes encore une heure. Enfin le jour se leva, et les premières voitures commencèrent à circuler..

Je proposais à Ludmilla d'enfiler la djellaba blanche, et nous reprîmes l'unique route vers Benghazi.

« Qui êtes-vous ? »
Ludmilla avait recouvré tous ses esprits.

« Un ami qui vous veut du bien. »

« Ça n'est pas très original comme réponse. »

« Je sais, mais je ne souhaite pas entamer une conversation mondaine pour le moment. »

« Est-ce le Consulat qui vous a envoyé ?
Je ne savais pas qu'ils avaient un agent en fonction dans ce pays. »

« Ils n'avaient personne avant aujourd'hui.
Et d'ailleurs, je ne suis pas un agent, comme vous dites, mais un simple bénévole qui fait une BA. »

« Je ne vous crois pas, l'altruisme n'a pas sa place dans notre profession. »

« Croyez ce que vous voulez, mais je suis venu parce que votre photo m'a bien plut. »

« Alors vous êtes un idiot ! »

La sincérité ça ne paie pas.
Je la trouvais bien peu reconnaissante, mais je ne fis aucune remarque, elle devait être imperméable à tout sentimentalisme.
D'ailleurs, une file de voitures venait de se former devant nous, laissant pressentir quelque vilain problème à venir.
Je doublais les derniers véhicules de la queue pour venir m'insérer au milieu de la file.
Les Palestiniens avaient formé un barrage rudimentaire et inspectaient les voitures sans les arrêter. Nous passâmes sans problème, d'autant que les Libyens commençaient à râler ferme après cette intervention intempestive, plusieurs voitures avaient

même tenté de forcer le barrage et ça commençait à ficher une sacrée pagaille.

Je roulais sans hâte, je lorgnais discrètement sur ma voisine, elle somnolait se laissant bercer par le roulement paisible des pneus sur l'asphalte.

Elle avait un visage fin, des traits réguliers, de petites taches de rousseur que relevait son léger hâle, une espèce de tranquillité maternelle.

Sous la djellaba, ses seins formaient deux tertres aux formes douces et rebondies, ses cuisses saillaient sous le tissu dessinant un vallon se terminant sur un 'V' expressif.

Il ne m'avait jamais été donne de côtoyer d'aussi près une femme, et je fus un peu trop captivé par ce spectacle si nouveau pour moi, oubliant la route, je mordais sur le bas côté et donnait un coup de volant brutal. Sous l'embardée, elle sursauta.

« Vous vous endormez ? » Me demanda-t-elle.
Impossible de rectifier, je me contentais d'acquiescer.

« Voulez-vous que je conduise ? »

« Non, ça va aller, j'ai eu un petit coup de pompe, mais maintenant ça va aller. »

Nous arrivâmes sans encombre à Benghazi, mais elle ne s'était plus laisser aller. Je le regrettais, car je ne pouvais plus la regarder sans qu'elle s'en aperçoive.

Je la déposais dans ma chambre, pris une douche et repartis pour le bureau.
En fermant la porte, je vis qu'elle me regardait avec un je ne sais quoi d'inquiétude. Je me crus obligé de la rassurer,
« Je serais de retour à midi. »

« C'est pour vous que je m'inquiète, vous n'avez pas du dormir cette nuit, et vous avez eu un coup de pompe sur la route. »
Serait-elle humaine ?
« Mon boulot n'est pas dur, je vais y aller mollo. »

Je scrutais ma montre avec impatience, il me semblait qu'elle s'était arrêtée. Les secondes se traînaient comme des heures, les heures comme des jours.
M'attendrait-elle ?
Je la suspectais d'être capable de prendre la poudre d'escampette.
De plus, la fatigue commençait à se rappeler à mon corps courbaturé, altérant mes facultés de self-control. J'envoyais balader un expatrié qui insistait un peu trop pour que j'accélère son dossier.
A midi moins le quart, n'y tenant plus, je sautais dans ma petite Fiat. Je fis un détour par une pharmacie pour y faire l'acquisition d'une teinture brun profond pour femme.

Enfin j'arrivais à la porte de la chambre.
Mon cœur battait trop fort, l'instant me semblait solennel, derrière cette porte se tenait peut-être Ludmilla, ou quelque Palestinien ayant retrouvé ma trace (là, je regrettais de m'être débarrassé de mon arme), ou, pire, personne.
Une seule façon de répondre à ces expectations, entrer.
J'ouvrais la porte doucement, très doucement. Elle reposait sous les draps du lit, sur le ventre, la tête sur l'oreiller, ses cheveux éparpillés en désordre.
Je m'approchais du lit à pas de loup, elle respirait régulièrement, dormant comme une enfant sage.

Une envie irrépressible de la protéger, de la couvrir de tendresse m'envahit comme une lame de fond à laquelle on ne peut résister.

Je me penchais sur ce visage, image vivante de sa photo. Je sentais sa chaleur, son parfum, son haleine.

Je baisais sa joue imperceptiblement.

Elle fit un bond.

« Qu'est-ce qui vous prend ? »

Ses yeux lançaient des éclairs. Je reculais vivement, comme sous l'effet d'un jet d'eau froide.

Je bredouillais un

« Excusez-moi, je ne sais pas ce qui m'a pris, je ne voulais pas vous réveiller. »

Elle étira ses bras fins et bronzés hors des draps, puis, les tendant vers moi, elle me dit avec un sourire de séraphin

« Viens. »

La maison me tombant sur la tête n'aurait pu me faire un plus grand effet. Statue pétrifiée sur place, je la regardais sans comprendre, sans oser comprendre. Le sang avait désaffecté mes veines, l'intelligence avait abandonné mon esprit, la vie avait quitté mon corps. Elle capta ma main de sa main diaphane et m'attira à elle avec douceur. Je défaillais, d'une ivresse mentale, immatérielle, intangible mais réelle.

Je m'allongeais lentement, comme au ralenti, sur son corps encore couvert, nos bouches se joignirent, nos langues se caressèrent chaudement, nos mains s'étreignirent, se serrèrent se parlèrent.

J'étais Vésuve, elle était Etna, les draps brûlèrent et disparurent tout comme s'évaporèrent mes vêtements. Elle était nue contre moi, ma bouche suçait ses mamelons, mes mains exploraient son anatomie élastique, parfaite, ronde, féminine, chevelue humide et tiède entre ses cuisses fermes.

Les effluves de sa cyprine décuplant mon excitation.

Je me souviens encore d'avoir soudain senti mon sexe pénétrant son antre bouillante, effervescente, accueillante, lubrifiée, enserrant mon membre et l'aspirant pour le repousser sans le laisser échapper, comme pour mieux le retenir dans un long flux et reflux des reins.

Puis cette explosion, ce cri, cet instant d'éternité qui ne dure qu'un instant trop court, cette vague qui part du dedans pour remonter tout du long de la colonne vertébrale pour venir percuter le cervelet qui implose sous le choc du plaisir incomparable, cette eutexie, cette osmose du 'x' et du 'y'.
Nous restâmes un siècle, assemblés sans mouvement, sans mot, à sublimer l'interpénétration de nos êtres.

Sur le chemin de retour vers l'usine, le bleu du ciel m'apparut plus clair et plus gai que jamais, les rayons du soleil n'étaient plus agressifs, mais chauds et réconfortants. J'étais sur un nuage, pas un de ces gros nuages noirs ou de ces cumulo-nimbus annonçant l'orage, mais sur l'un de ces petits nuages blancs doux et célestes, le genre de nuage sur lesquels les anges surfent maîtrisant les alizés, les bises, les brises, tous les souffles d'Eole.
La Mosquée d'Elbradi semblait plus majestueuse, même les ombres prenaient une nouvelle dimension, donnant à toute forme un relief que je n'avais su apprécier avant ce jour.

Je me remémorais les meilleurs instants passés dans les bras de l'espionne, son étreinte, ses effluves, sa chair, son haleine, ses soubresauts, sa respiration, ses soupirs, son corps souple m'enserrant comme une liane, les palpitations de son cœur sous son sein diaphane. Le brun de ses mamelons, le rose de ses pointes, le rouge de sa corolle et le carmin de son pistil aphrodisiaques comme un edelweiss.

J'avais comme une envie de saluer tout le monde, il fallait que je remercie quelqu'un, que je partage mon sentiment de bien être. Seul le partage pourrait le décupler, lui donner une dimension universelle, cosmique.

Ma prestation bureaucratique, ce jour là, fut particulièrement généreuse et altruiste. Les expatries nécessiteux furent chaleureusement reçus.
Lorsque le Libyen Malik investit mon bureau flanqué d'un inconnu, je les traitais avec beaucoup de courtoisie.
« Je te presente Sid Hamed Al Ameyni » M'eclaira Malik.

« Enchante » Fut le mieux que je trouvais à répondre.

« Monsieur Ameyni est un inspecteur de police.
Il enquête sur une femme qui a obtenu un visa de séjour il y a deux mois grâce à une relation personnelle dans notre société. »

Sid Hamed El Ameyni ajouta en Anglais :
« Il s'agit d'un certain Monsieur Bernard. »

 Mon petit nuage blanc s'assombrit sensiblement.
Ainsi ils avaient déjà retrouvé la piste du visa.
J'apportais un peu plus d'attention à la physionomie de l'inspecteur.
Il était petit, vêtu d'un costume gris sale mal taillé et bâillant sur ses chaussures simili croco. Il portait une petite moustache noire comme ses cheveux. Ses yeux

étaient petits et enfoncés dans ses orbites. Il avait quelque chose de cruel dans le faciès, peut-être à cause de ses lèvres trop fines.

Je devins plus attentif, oubliant d'un coup ma fébrilité effervescente toute neuve.

Il parlait et je ne captais que la fin de sa phrase.

« … Nous l'attendons. »

« Puis-je vous offrir un thé ou un café ? »

J'essayais de recoller les bribes de mots que j'avais entendues pendant que je cogitais, mais sans succès.

Le boy apporta les cafés au moment ou Bernard arrivait.

J'en commandais un autre pour lui.

Bernard était un chef de chantier brutal, un grand type rugueux, pas commode et passablement illettré.

Bien sur, il ne parlait que le Français, et encore, pas celui de Lamartine, plutôt celui de Berrurier. Il portait un jeans tâché de ciment et un blouson en simili cuir avec une fourrure au col qui se donnait des airs d'Air Force.

Malik parlait Arabe et Anglais, et l'Anglais du Sieur Ameyni véhiculait un accent Libyen très prononcé.

Je devins donc l'interprète de la situation par la force des événements.

Je dois dire que cela m'arrangeait pour le moment, car je serais ainsi tenu informe et pourrais le cas échéant modifier la traduction vers un sens plus consensuel.

« Vous avez appuyé une demande de visa pour une certaine Carolig ? »

Affirma interrogativement le moustachu aux yeux sourcilles dans son Anglais Benghazique.

« Vous connaissez une certaine Carolik ? » Traduisis-
je fidèlement.

« Non ! » Répondit l'hirsute.

Pas le temps de traduire, l'inspecteur, clone de
Clousot, reprenait son interrogatoire illico.
« Inutile de nier, voici la copie de la demande de visa
qui porte votre nom et votre signature. »
Il présenta au dinosaure la copie en question, moitié
écrite en Arabe, moitié en Anglais.
« C'est une personne qui a demandé un visa en
prétendant être de votre famille. »
J'avais raté une vocation de traducteur pensais-je, et
mon subconscient d'ajouter ' en langage des sourds-
muets !'.

« Je n'ai pas de famille ! » S'exclama le bachi-
bouzouk.

Mon subconscient, qui se mêle toujours de ce qui ne
le regarde pas, se crut bon d'ajouter 'et pas d'amis !'.

L'Hercule Poirot me regardait de son air le plus
inquisiteur.

« Monsieur Bernard affirme n'avoir ni famille ni
ami. »

Le visage du flic blêmit.

« S'il ne reconnaît pas avoir rédigé ce formulaire, je
souhaite qu'il vienne dans les plus brefs délais se
présenter au commissariat central. »

« Pourrais-je l'accompagner ? Il ne parle pas Anglais et aura besoin d'un traducteur. » Demandais-je poliment.

« Si vous voulez. » Acquiesça le représentant de l'ordre Benghazien.

Ils nous saluèrent à peine en sortant de mon bureau.

« Qu'est-ce qui m'veut ? » S'enquit le Chef.

« J'ai pas bien compris, mais il semble qu'une personne ait donné votre nom en référence pour obtenir un visa de séjour..»

« Je connais personne. » Révéla le pignouf.

« En tout cas, vous êtes convoqué au commissariat de police, et je dois vous accompagner pour vous assister.
Mais vous inquiétez pas, on va arranger ça»

« Ben heureusement que vous êtes là. » Me congratula l'homme des chantiers.

Seul de nouveau, je ne pus m'empêcher d'envisager le pire, et j'essayais de faire le bilan du positif et du négatif de la tournure que prenaient les événements.
Je réfléchissais sans structurer ma pensée.
Les Libyens n'avaient pas été longs à retrouver la piste du visa.
Bernard, dont j'avais imité la signature était à présent le premier suspect. Ils ne l'avaient pas embarqué manu-militari, ils n'étaient donc pas si sur d'eux-mêmes, et puis ils devaient mettre des gants avec la Société.

Je conservais un avantage pour le moment, puisque j'accompagnerais Bernard et resterais ainsi bien informé.

Mais il fallait être prudent, très prudent.

Malik pourrait se douter de quelque chose, je lui avais demandé de faire diligence pour l'obtention du visa, il se demanderait peut-être pourquoi.

Le plus délicat était de trouver une explication qui tienne la route, ou alors de tout mettre sur le dos de Bernard, si possible.

Le seul point vraiment positif de cette affaire était ma rencontre avec Ludmilla.

Il allait falloir lui parler de cette visite, mais je me demandais soudain si elle serait encore à l'appartement.

Je rangeais rapidement mes affaires et prenait le chemin de l'écurie.

La nuit tombait doucement, la mosquée était déjà illuminée et ses minarets se profilaient sur un horizon bleu nuit. J'étais cependant bien moins sensible à sa magie.

Mon cœur battait à nouveau comme celui d'un collégien en montant les marches de l'immeuble et je fis à nouveau une pause au moment d'ouvrir la porte.

Une femme, pieds nus, portant une jupe sombre et un corsage clair, se tenait à la fenêtre de la salle dans la pénombre.

Elle avait les cheveux courts et noirs.

Elle se retourna lentement et ce ne fut que lorsqu'elle me fit face que je reconnus Ludmilla.

« J'ai suivi tes conseils, je me suis teinte, mais je me
suis aussi coupé les cheveux.
Comment me trouves-tu ? »

Elle semblait enjouée, peut-être heureuse de me
revoir.
Je décidais de ne rien lui dévoiler pour l'instant.

Je la pris dans mes bras, elle me serra fort et avala
goulûment mes lèvres.
 Nos hormones s'occupèrent du reste. Elle n'avait pas
mit de soutien gorge, et sa poitrine épaisse et ferme
débordait de mes mains. Elle me déshabilla, embrassa
tout mon corps comme elle aurait dévoré un sorbet.
Je ne voulais pas être en reste et je lui rendais langue
pour langue, caresse pour caresse, baiser pour baiser.
Je goûtais sa peau, j'humais ses cheveux, ses plus
intimes odeurs, je léchais ses yeux, ses seins, je
mordais ses reins et mordillais ses mamelons. Je la
voulais toute entière. Je dévorais son corps comme
une friandise fondante au palais.

« Parles-moi de toi » Lui demandais-je

« Non, toi d'abord » Objecta-t-elle

Je lui narrais ma triste histoire.
Elle ne m'interrompit qu'a l'évocation du Colonel
Viard, qu'elle connaissait de réputation et dont elle
n'avait pas entendu dire que du bien.

Puis vint son tour. Ce ne fut pas facile, je devais lui
arracher les vers du nez, revenir sans cesse sur ce
qu'elle voulait bien me dévoiler d'elle pour obtenir
une précision, un chaînon manquant, ou même tout un

pan de son histoire qu'elle occultait délibérément ou non.

Je te fais grâce, chère lectrice, de notre dialogue par trop fastidieux, pour te le résumer.

Elle était née en 51, mais ça je le savais déjà par son passeport.

Son père était diplomate et elle vécut toute son enfance à voyager sur tous les continents.

Elle était réfractaire à l'enseignement traditionnel et s'autodidacta.

Elle s'auto enseigna la littérature, les arts, la bicyclette (dont elle conserve quelques cicatrices qu'elle cultive avec affection), les langues mortes ou vivantes (comme l'Allemand, l'Anglais, l'Italien, le Suédois, le Russe, le Grec, le Farsi, le Swahili, le Wolof, le Latin, les Hiéroglyphes) qu'elle avait la chance de pouvoir pratiquer au cours de ses séjours d'expatriée.

Elle se spécialisa ensuite dans la géographie, la géologie, l'anthropologie, la météorologie et enfin la cartographie, science dans laquelle elle avait trouve sa véritable vocation.

A la différence des cartes officielles et homologuées, si fades et froides, elle avait sut apporter à ses reproductions des informations de terrains qui donnaient des dimensions à la fois humaines, philosophiques, linguistiques, géologiques tout en respectant scrupuleusement la représentation géographique des lieux. Ses cartes étaient entièrement dessinées de sa main, elles étaient uniques et très recherchées des professionnels car elles étaient datées, chronographiées, orientées et annotées d'une foule de détails précieux pour celui qui se rendait sur place.

Toutes ces qualités lui valurent d'être remarquée par les services spéciaux qui l'approchèrent puis lui proposèrent une mission facile, puis une autre et encore une autre toujours plus délicate et dangereuse.

Mais elle ne me donna pas de détails sur ces missions.

« Comment as-tu été capturée par les Palestiniens ? »

« Tout bêtement, Je me suis approchée du camp sur un cheval que j'avais loué à El Beida, je devais faire un relevé à la jumelle, mais j'ai voulu voir de plus près ce à quoi ressemblait l'intérieur du fort.
J'ai laissé mon cheval pour m'avancer à pied, mais j'avais dû mal l'attacher. Il est allé brouter juste devant les sentinelles.
 J'avais laissé mes papiers et mes premiers relevés dans les fontes de la sellerie, ils les ont trouvés et ont aussitôt organisé une battue.
Je n'avais aucune chance de m'en tirer.
Ils m'ont battue, ils voulaient que je leur donne les noms de mes supérieurs.
Je me suis évanouie sous la douleur.
Ils m'ont ensuite droguée, bourrée de sédatifs.
Dans ma semi-inconscience, j'ai compris qu'ils attendaient un spécialiste de la question qui devait venir m 'interroger personnellement et tu es arrivé. »

Plus tard, beaucoup plus tard, je relatais l'entretien de l'après-midi à Ludmilla.

« Ca devient chaud. » Me dit-elle.

« Nous devrions peut-être reprendre contact avec le Consulat ? » Proposais-je.

« Je voulais retarder cette échéance, car nous ne nous reverrons plus. »

Un coup de masse sur l'occiput n'aurait sut me faire plus d'effet.

L'Univers se retournant sur lui-même, la terre se mettant à tourner dans le sens opposé à celui des aiguilles de ma montre, le fisc déclaré en faillite, la lune passant au violet, les océans recouvrant les continents, voilà ce qui m'arrivait.

C'est donc d'une voix étranglée que je lui demandais sans conviction :
« Pourquoi ? »

« Sitôt qu'ils m'auront récupérée, ils me confieront une nouvelle mission. »

J'expectais cette réponse, mais je la redoutais car Ludmilla devrait reprendre contact tôt ou tard avec le Consulat.

« Tu peux refuser ? » Crédulais-je.

« Tu sais très bien que non »

C'était l'impasse, ou plus exactement le cul de sac.
« Je ne veux pas te perdre » Geignais-je.

« J'aimerais rester près de toi » Me consola-t-elle.

La nuit fut longue et courte.
Au petit matin, nous n'avions que peu dormis, et je ressentais une énorme lassitude, comme un trop plein, une lassitude de sexe et de fatigue.
Je m'endormais profondément.
Elle me secoua vigoureusement.
« on frappe à la porte …»

Comme un zombie, j'enfilais à la hâte un jeans et titubais jusqu'à la porte.

L'inconnu aux yeux globuleux, au clope éteint collé à ses lèvres, était dans l'embrasure de la porte dans son imper gris.

« Je vous dérange ? » S'inquiéta-t-il en essayant de regarder dans l'appartement.

« Que voulez-vous ? »   Rétorquais-je à brûle-pourpoint.

« Ludmilla est chez vous. » Affirma-t-il.

« Que lui voulez-vous ? » Et le ton de ma voix était aussi avenant que celui d'un ours dont on vient d'interrompre l'hibernation.

« Je voulais prendre de ses nouvelles.
Tout le Consulat est sur le qui-vive, les Libyens et les Palestiniens tournent autour de nos grilles et surveillent tous les agents consulaires jour et nuit, ainsi que leurs domiciles.
J'en ai semé deux en venant ici.
Puis-je entrer ? »

« Le mieux est de laisser les choses se décanter. Ludmilla est plus en sécurité avec moi qu'avec vous. »

« Je n'en disconviens pas, mais je souhaite m'assurer qu'elle est en bonne santé. »

« Elle dort, elle se repose de ses dernières épreuves, la laisser tranquille est ce que vous pouvez faire de plus efficace pour le moment. »

« Puisque vous semblez ne pas vouloir comprendre, je vais vous mettre les points sur les 'i', j'attends son rapport. »

« Et moi, si vous continuez d'insister, je vais vous mettre mon point sur la gueule. »
J'étais tout à fait réveillé, et mes yeux devaient traduire ma détermination et mon impatience.

« Je vous donne jusqu'à ce soir pour me remettre vos deux rapports. »

Il tourna les talons, s'arrêta, ralluma son clope, puis disparut définitivement.

Je rageais. Je pris une douche pour me calmer.

Force me fut de constater que je venais de me comporter en propriétaire, propriétaire de la femme que j'aimais, je la défendais, je la préservais, je faisais écran, j'étais près à me battre comme un coq veillant sur sa basse cour, mais que pensait-elle ? Quelle serait sa réaction ? Après tout, elle ne m'avait pas demandé de m'interposer.
Bien sur, je me rassurais de l'excuse d'avoir eu à faire à un type peu scrupuleux, une crapule qui s'immisçait et nous phagocyterait si on le laissait faire. Mais elle ? Quel était son opinion ?
Bon ! J'avais agi sur impulsion et peut-être pas de la meilleure manière, mais je serais honnête et je lui expliquerai que je n'avais pas pris le temps de réfléchir à tout ça, j'avais agi dans l'urgence.

Je laissais Ludmilla dormir jusqu'au moment de partir et la réveillais en mettant un disque de Dave Brubeck.

« Ca n'avait pas l'air de bien se passer avec le Capitaine ? »

« Tu le connais ? »

« Oui, c'est le Capitaine Landford, un Anglais qui est passé de notre côté après la seconde guerre mondiale. »

« Il ne ressemble pas à un Anglais. »

« Il sert de courroie de transmission, c'est lui qui le plus souvent m'informe de mes missions.
Lui, il ne se mouille jamais, il attend les rapports, et s'approprie les bons résultats en fustigeant les agents qui échouent. »

« C'est une merde, je regrette de ne pas lui avoir donné la correction qu'il mérite. »

« Fais bien attention, il a de nombreuses relations. »

Je partais sur ces paroles sibyllines.

Bernard patientait à la porte de mon bureau.
Il me rappela notre convocation au bureau de police.
J'expédiais les dossiers urgents, organisais le travail de mes agents de liaison puis nous partîmes de concert vers la ville.

Le commissariat était une ruche, une espèce d'auberge espagnole, qui ne servait aucune nourriture, mais dans laquelle semblait s'engouffrer tous les habitants de la ville.

Des tas de personnes cosmopolites entraient et sortaient sur un rythme infernal, seule manquait la musique d'accompagnement, la danse du sabre, parfois, aussi, la danse macabre, lorsque les ambulanciers trimbalaient quelques corps ensanglantés qui auraient mieux fait de rejoindre l'hôpital, mais leurs témoignages ne pouvaient attendre.

Nous cherchâmes un planton susceptible de nous diriger dans cette jungle humaine, mais tous les policiers semblaient sur-occupés.

La foule nous poussa vers les profondeurs abyssales du commissariat. Nous passâmes devant de nombreuses portes.

Des portes ouvertes sortaient des invectives, des cris, des chuchotements, des chants, des borborygmes, des confidences, des aveux, même, le tout expectoré dans cette langue Arabe que l'on aime ou abhorre sans raison logique.

L'inspecteur 'la bavure' nous héla du fond de son bureau que nous venions de dépasser.

« Ici, nous vous attendons ! »

Le bureau était d'allure spartiate. Les murs, peints à la brosse de chameau, étaient de couleur indicible, un rose bonbon ou sépia, ou un mélange des deux.

Une table d'écolier, vide de tout document, entourée de deux chaises en tube de chaque coté, était près de la fenêtre dont un carreau était cassé et qui donnait sur une cour intérieure ou stationnaient quelques véhicules de police.

Un factotum s'affairait autour des voitures, un chiffon sale à la main qu'il passait d 'un air désabusé sur les carrosseries fatiguées.

La porte franchie, on découvrait une armoire sans style qui dégorgeait de papiers débordants de dossiers mal fagotés de ficelles de lin brut usées.

Sur le toit de l'armoire, des chemises cartonnées étaient empilées en tas, sans ordre, prêtes à perdre leur équilibre à chaque instant.

Près du bureau, se tenait un petit homme inconnu.

Il me fit instantanément penser à Hercule Poireau, en plus basané.

Il portait un costume brun jaune clair trop grand pour sa taille, une chemise blanche échancrée, auréolée de tâches de sueur sur la poitrine et des chaussures noires.

Il fallait beaucoup de mauvais goût pour s'attifer de la sorte.

Son visage était fin, barré d'une fine moustache et ses yeux étaient noirs comme ses godasses.

« Je vous présente Monsieur Abdheraman, inspecteur chef de notre section. » Pontifia l'inspecteur sous-chef.

Le Sherlock Holmes nous tendit sa main.

Elle était plus moite encore que je ne m'y attendais, laissant dans ma paume une trace gluante qui me souleva le cœur.

Je ne montrais rien de mon aversion alors que Bernard s'empressa d'essuyer sa paluche sur son jeans.

Nous fumes invités à nous asseoir et, comme il est de coutume, invités à choisir entre thé ou café.

Un long moment silencieux coula entre nous.

Les Arabes aiment prendre leur temps, ils ne sont jamais pressés d'entrer dans le débat, ils aiment à scruter leurs interlocuteurs, à tester leur patience, leur force de résistance avant l'engagement.
Plus l'enjeu est important, plus l'attente risque d'être longue. Celui qui perd patience est en position de faiblesse, l'attente peut mettre mal à l'aise alors qu'elle doit permettre de penser, de préparer ses arguments et ses contre-arguments.
Bien entendu, Bernard donna, bientôt, des signes incongrus de nervosité. Il se remua sur sa chaise, croisa et décroisa les jambes, soupira, et même, se leva, faiblesse suprême de l'Européen perdant son self contrôle.
Les inspecteurs ne bronchèrent pas. Ils appréciaient, selon leurs propres critères, nos attitudes respectives.
Je ne bougeais pas un cil.

Le Palestinien se tenait coi sur son siège.
Le Libyen ne bougeait pas plus.
L'ambiance était si épaisse qu'une rapière n'aurait pu y ouvrir une brèche.

Le Libyen dit « La Bavure » lança les hostilités.

« Nous vous avons demandé venir au sujet d'une femme qui est entrée dans notre pays sous une fausse identité et avec la complicité de M. Bernard. »

Bien entendu il s'exprimait en Anglais alors qu'ils conversaient en Arabe entre eux.

Je comprenais très peu d'Arabe, et pas beaucoup plus l'Anglais. Il fallait que je fasse avec.

Je traduisis tant bien que mal l'introduction inquisitoire du Libyen à Bernard.

« Je comprends pas ce qui m'veulent ?
J'ai jamais fait venir personne, je leur ai déjà dit. »

« Reconnaissez-vous cette photo ? » S'enquit le Palestinien.
Il tendait à Bernard une photo de Ludmilla que je captais prestement.
Elle avait du être prise lors de son arrestation. Elle était décoiffée, avait un visage fatigué et portait les mêmes vêtements que lorsque je l'avais soustraite à ses kidnappeurs.

« Non, je connais pas. » Bernard avait la sincérité des balourds, cette spontanéité brute et naïve qui ne trompe pas.

Mais il parlait Français, et je traduisis hypocritement :

« Il ne croit pas la reconnaître. »

Ils s'entretinrent en Arabe entre eux, et je crus comprendre que Bernard ne les avait pas convaincus.

« Nous avons aussi son passeport. » Le Libyen ouvrit un dossier et nous désigna un passeport du doigt.

« Nous avons aussi la demande d'entrée sur notre territoire signée par M. Bernard. » Il serrait entre son pouce et son index la demande de visa sur laquelle j'avais apposé une signature apocryphe.

« C'est pas ma signature ! » Bernard était péremptoire.

Je traduisis « Bernard a un doute sur cette signature. »

« Oui, nous pensons également que quelqu'un a pu imiter sa signature, c 'est pour cela que nous ne l'avons pas encore arrêté. » Le Libyen n'était pas péremptoire.

Il continua : « Nous aimerions que M. Bernard signe sur cette feuille afin que nous comparions les deux signatures. »

Je traduisis fidèlement, pour une fois.

Bernard fit un gros pâté au bas de la feuille blanche et la tendit au Libyen pas mécontent de lui.
Même un aveugle aurait constaté la différence entre les deux signatures.
Je n'avais décidément pas été très subtile, j'aurais du me douter qu'un pareil balourd ne pouvait signer que d'un étron.

Le duo d'inspecteurs de choc s'entretint en Arabe.
Le Palestinien n'était toujours pas convaincu et le Libyen fut obligé de revenir à la charge.
« C'est peut être maintenant qu'il fait une fausse signature, il y a trop de différence entre les deux. »

Je trouvais l'estocade si pertinente que je ne résistais pas au plaisir de la traduire fidèlement à Bernard.
Celui-ci se leva d'un bond de sa chaise.
« Quoi, je ferais une fausse signature ?
Y m'prennent pour qui ces macaques ?
Y m'font signer et après y m'disent que j'imite, j'ai rien à foutre dans ce bordel.
Je m'en vais Moi ! »

Bernard se dirigeait déjà vers la porte, drapé dans sa dignité atteinte.

Je le chopais par la manche de sa chemise.
« Ne fais pas ça, ils vont le prendre pour un aveu. »

« Lâche-moi, j'aime pas qu'on me prenne pour un con.
Toute cette histoire j'y comprends que dalle, et ça commence à bien faire. »

Il était déterminé et obtus.
Mais son attitude ne plaiderait pas en sa faveur auprès des Arabes.
Cela m'arrangeait dans un sens, mais je craignais les embrouilles malgré tout.

Le Libyen et le Palestinien semblaient se désintéresser de notre petite scène de ménage.
Leur opinion semblait être établie, et ce psychodrame les confirmait dans leur sentiment.

 C'est au moment exact ou Bernard franchissait le seuil de la porte que le type fit irruption un couteau grand comme un sabre à la main, bousculant Bernard qui boula contre l'armoire qui laissa choir tous les dossiers sur la tête ébahie du pauvre Bernard.
J'aurais vraisemblablement éclaté de rire si le type obstiné n'avait poursuivi sa course vers les inspecteurs, les yeux injectés d'une haine farouche.
Il fonçait, le couteau dardé vers le Libyen.
Mon pied partit et vint télescoper violemment la main du tueur. Le couteau s'envola et alla se ficher au plafond.

Je bondis sur l'agresseur et le fis tomber à terre d'un fauchage de jambe. Puis je l'immobilisais au sol d'une clé d'épaules.

J'avais agi d'instinct, sans réfléchir un seul instant aux conséquences éventuelles de mon acte. Mon entraînement militaire m'avait conditionné et mes réactions face au danger étaient immédiates et purement physiques.

Le type braillait et se débattait, mais ma clé était indéverrouillable.

Les fins limiers se décidèrent enfin à lever le cul de leur chaise. La frousse avait du les paralyser et ils n'avaient pas bougé d'un millimètre pendant toute la scène. Si je n'avais réagi, le Libyen serait sans doute mort en ce moment.

Il gueulait maintenant dans le couloir pour rameuter la garde.

Une bande de policiers, habillés de tenues déguenillées vert armée, délavées et dépenaillées, s'empara du gisant et l'emmena sans ménagement vers un lieu inconnu et secret.

Je préférais ignorer ce qui l'attendait.

Le remue-ménage continua encore un moment avant que chacun reprenne ses esprits.

Bernard, à terre, coiffé d'un dossier comme d'un chapeau de mode nouvelle vague, me regardait avec de grands yeux déconfits, étonnés, interrogatifs, suppliants, respectueux, admiratifs, mouillés, affolés, peureux, concupiscents et blafards.

Le fou rire, réaction prévisible après une telle surexcitation, me prit, décompressant l'atmosphère, détendant mes muscles et mon cerveau, relâchant la fébrilité de l'instant passé. Les inspecteurs ne furent pas en reste et se joignirent allègrement à mon concert hilare ajoutant encore, si c'était possible, au désarroi de Bernard, qui n'avait pas besoin qu'on se paie sa tête par-dessus le marché.

Il n'était plus vexé, il était blessé, indigné, malheureux sûrement.

Je pensais à mon ami Rital qui serait heureux de connaître cet épisode.

Le Libyen me remercia, il tenait et secouait ma main indéfiniment.

« Vous m'avez sauvé la vie, je ne l'oublierais jamais, vous êtes mon frère à présent.

Ce fellah s'est échappé de la prison où je l'avais envoyé pour le meurtre de sa femme et voulait se venger. »

Le Palestinien me resservit une longue poignée de sa louche et me susurra des tas de mots gentils en Arabe dont je comprenais le sens sans en saisir toutes les subtilités.

Le San Antonio Libyen m'indiqua que nous étions libres de rentrer chez nous, mais m'assura aussi que Bernard ne resterait pas sans nouvelles.

Je m'abstenais d'inquiéter le sus nommé en évitant de lui traduire l'inquiétante conclusion.

Nous repartîmes, bras-dessus, bras-dessous comme de vieux complices, mais Bernard, je le sentais, en avait lourd sur la patate.

Dans la voiture, il ne pipa mot. Sa trogne renfrognée parlait pour lui.

De retour au bureau, le coursier Egyptien m'informa que le patron m'attendait.

Je me dirigeais vers son bureau l'âme inquiète.

J'avais raison malheureusement.
« Qu'est-ce que c'est que cette histoire de convocation à la police avec notre meilleur chef de chantier ? »
Il ne rigolait pas le Boss, son ton était accusatoire, inquisiteur et sévère.
Je lui racontais l'histoire, arrangée à ma sauce et en omettant mon héroïque intervention.
Il se calma un peu, mais restait perplexe et dubitatif quant à l'implication de Bernard dans cette étrange affaire.
Il m'apparut alors qu'il connaissait bien son homme, qui l'avait, me confia-t-il, suivi sur tous les chantiers dont il avait eu la responsabilité, et qu'il l'appréciait plus pour ses défauts que pour ses qualités.

C'est un fait, qui devait s'avérer dans mon futur, que les meneurs ne recherchent jamais la compagnie ni l'assistance de gens de qualité et compétents. Ils les redoutent pour l'ombre qu'ils apportent à leur aura et les critiques (constructives mais gênantes) qu'ils prononcent sur leurs décisions. On appelle ça le « principe de Peters » par raccourci, mais on oublie souvent de développer les concepts de ce principe qui dispose que les individus tendent vers leur incompétence maximum et que, lorsqu'ils l'ont atteinte, ils érigent autour d'eux un rempart de privilèges et de mesures mesquines dignes des courtisans, sensé les protéger des prétendants trop ambitieux ou trop performants dont les aptitudes pourraient être remarquées de leur propre hiérarchie.

C'est ainsi que les systèmes, politiques, économiques, scientifiques se grippent et périclitent étouffant les ambitions et le progrès.

Je laissais le patron en compagnie de Peters et m'en retournais vaquer à mes occupations courantes.

Pierre était ingénieur, sa spécialité était 'la résistance des matériaux ' qui, d'après ce que j'en comprenais consistait en de très nombreux et complexes calculs.

Mais Pierre était un des rares amis que j'avais sur ce chantier, un type à qui je pouvais faire confiance, qui me paraissait suffisamment altruiste pour n'être pas intéressé dans les commérages d'usages dans notre petit monde fermé d'expatriés, un pote qui m'avait redonné goût au jogging, jogging que nous allions pratiquer de concert dans l'oasis du jardin des Hespérides.

Nous courrions comme des fous, le chronomètre à la main, mesurant nos insignifiantes performances et nos maigres évolutions.

Mais le plaisir n'était pas là, on le trouvait après nos courses imbéciles, lorsque nous parcourions le jardin oasis, réalisant quels privilégiés nous étions de pouvoir exercer nos exercices sportifs dans les lieux même ou Héraclès avait accompli l'un de ses exploits.

Héraclès avait foulé longtemps avant nous ce terrain, à la recherche des pommes d'or, les semelles de ses spartiates y avaient peut être laissé une trace indélébile quoique fragile, et nous scrutions le sol à la recherche de ces traces qui ne pouvaient nous échapper, qui se devaient de se révéler à nos yeux naïfs.

Notre simple bonheur résidait dans cette certitude que nous marchions sur les pas d'ancêtres Grecs que nous ne connaissions pas, mais qui avaient foulé les mêmes sentiers, sautés les mêmes murs bas de pierres assemblées par des mains numides.

Ainsi, nous arpentions l'oasis, si petite mais si riche de souvenirs que nous ressuscitions et faisions revivre par notre présence et notre attention vigilante aux Spartes du passé.

Ainsi les Grecs s'adressaient-ils aux Oracles : « Je m'adresse à vous Pythies ou quelque nom que vous souhaitiez que l'on vous donne …»

Et nous les invoquions nous-mêmes de la sorte.

Elles ne nous répondaient pas directement, les Déesses ne répondent jamais aux simples mortels, mais flattées que des humains se souviennent de leur souveraineté oubliée, elles nous communiquaient des signes intangibles de leur attention, nous faisant remarquer telle pierre dans le mur qui suintait de la mémoire d'un vaillant guerrier Etait-ce Achille, le plus vaillant d'entre tous, Ulysse, le plus ruse, Agamemnon, le plus courageux, ou bien encore Nestor, le plus sage d'entre tous ?

Grecs morts pour défendre cet oasis, ou tel empreinte au sol qui pouvait être celle laissée par le Dragon, gardien de ce sanctuaire.

Pierre m'attendait à la porte close de mon bureau, et ce fut un réconfort de trouver un ami auprès du quel je pourrais m'épancher, partager mes incertitudes et mes soucis.

Il me sourit, mais son sourire n'était pas habituel, il souriait sans confiance, sans assurance. Je sentis qu'il était plus désespéré que moi et qu'il venait chercher à mon coté la paix que j'espérais de lui.

« Yfig, tu dois m'aider. »

« Bien sur, Pierre, qu'est ce que tu as ? »

« Yfig, je craque, je ne peux pas rester un jour de plus dans ce pays. »

« Qu'est-ce qui t'arrive Pierre ?
De quoi en as-tu marre ?
Les Egéemones t'ont-elles envoyé un signe ? »

« Yfig, tu te souviens que je t'ai confié combien j'étais heureux et comblé lorsque je travaillais pour cette compagnie pétrolière en Indonésie ? »

« Oui »
« Je vivais dans une hutte au bord de l'océan, j'avais trois femmes pour s'occuper de ma petite personne, je vivais au Paradis. »

« Oui, tu m'as dit tout ça, mais tu m'as dit aussi que tu avais le sentiment de t'indigènéïser, que tu craignais de te perdre à jamais dans cet éden trop facile, de perdre tes compétences et tes réflexes, ton âme. »

« Eh bien je veux me perdre, je veux m'indigènéïser, comme tu dis, je n'aspire qu'à retomber en incompétence, à vivre comme un Sultan en son Harem. Je veux retrouver mes femmes indolentes et soumises à la peau si brune et si douce, au tempérament si insouciant, à la sexualité inconsciente et extravertie, je veux me faire dorloter, cajoler, caresser dans ma paillote au bord de la plage ou le rythme de la mer accompagne et synchronise le rythme des corps. »

Ses yeux humides traduisaient son intense émotion. Je lisais, dans ses pupilles dilatées, la détresse, l'espérance, l'impatience de retrouver tout ce qui lui manquait si ardemment.

« Je veux un billet aller, sans retour. » Me demanda-t-il

Je pouvais être son sauveur.
Et je me disais que c'était facile de rendre un homme heureux.
Je ne pouvais plus rien lui demander, plus rien lui confier, mais je ne lui en voulais pas.

« T'inquiètes, Pierre, demain tu auras ton billet et ton 'exit visa'. »

Il devait avoir honte, ou bien se refusait à montrer son émotion, ou craignait une déception. Son exaltation était si intense, qu'il me tendit son passeport tout en me tournant le dos. Je le pris, il s'enfuit comme un perdu.

Que pouvait donc bien avoir fait ces Indonésiennes à Pierre, me demandais-je ingénument.

Est-ce que trois femmes brunes, douces, dociles, servantes, serviles peut-être, pouvaient équivaloir, voire dépasser, une rousse incendiaire, indocile, imprévisible, indomptable ? Même si pour le moment, ma rousse s'était teinte en brune.
L'amour, s'il est aveugle, n'en pénètre pas moins les sentiers de votre cœur avec une assurance d'extralucide, et ne laisse aucune place à l'extrapolation.

Mon idéal à moi était en Libye, du moins pour le moment, et l'Indonésie ne représentait rien de concret, qui vaille la peine de tout quitter pour un demain incertain.
Je transmis le dossier de Pierre à Malik avec une mention 'Urgente'.
Demain j'aurai son visa et son billet d'avion ...... à lui d'assumer.

La fin de la journée se passa sans histoire. Je retrouvais Ludmilla qui avait fait quelques emplettes, en dépit des règles de sécurité dont nous avions convenu, et nous avait préparé un petit souper délicieux.

Le lendemain, je remettais à Pierre son billet et son passeport. Il les prit sans me remercier, me dit à peine au revoir et s'éloigna. Il était déjà ailleurs.

C'est dans le milieu de l'après-midi que le chauffeur du Consulat se présenta.
« Il faut venir tout de suite, Saïd, c'est urgent. »
Je fermais la boutique, c'est à dire la porte de mon bureau et prévenais les agents de liaisons que je m'absentais.

Le Consulat me parut en ébullition. Cet immeuble d'habitude si calme était tout surexcité. Des personnes, hommes et femmes, parcouraient les couloirs, montaient, descendaient, se croisaient dans les grands escaliers, transportant des dossiers, comme des fourmis transbordent leurs œufs lorsque la fourmilière est éventrée.

C'est Jacques de Saint Juste, l'agent Consulaire comme il aimait à se présenter, qui me reçut.

« Nous avons de très mauvaises nouvelles pour vous.

Les Libyens remuent ciel et terre pour retrouver notre agent que vous leur avez dérobé. »
J'appréciais à sa juste valeur la solidarité du Diplomate, je n'avais pas sauvé Ludmilla des pattes des Palestiniens, mais je l'avais 'dérobée'. Il aurait presque affirmé que je l'avais kidnappée s'il l'avait osé.

« Le Consulat, comme vous pouvez le constater est sans dessus dessous.
Les Libyens mettent une pression monstre pour retrouver la personne en question et le Consul lui-même a été convoqué par les autorités Libyennes. Nous frôlons l'incident diplomatique .... »
J 'allais l'interrompre car je trouvais qu'il prenait un peu trop ses aises avec la vérité, mais il leva la main.
« Ne m'interrompez pas, le moment est mal choisi pour une telle affaire car nous attendons dans quelques semaines la visite de notre Premier Ministre Monsieur Chirac et les relations tendues qu'ont généré cette folle équipée nuisent gravement aux intérêts de l'Etat Français.
D'ailleurs c'est la conclusion du rapport que Monsieur Landford a adressé au Quai d'Orsay. »

Ils n'y allaient pas avec le dos de la cuillère ces deux 'empaffés', c'est le seul adjectif adéquat qui me vint à l'esprit.
Ainsi le petit gros vicieux avait adressé un rapport venimeux au Quai d'Orsay, nous faisant endosser à Ludmilla et à moi les problèmes de relation avec les Libyens, et ce au moment des grandes manœuvres pour la visite de Chirac. Décidément il valait mieux

pas que ce gros dégueulasse me tombe entre les mains, je retournerais illico en prison pour assassinat.
Et le grand échalas aux prétentions nobiliaires lui emboîtait le pas, ce devait être plus facile d'accuser deux inconnus, sans relations ni accès aux hautes sphères, que de chercher à défendre une situation qu'ils avaient somme toute créée.
Je décidais de faire le dos rond et de remettre à plus tard mes envies de tout casser. Je souhaitais avant tout m'entretenir de ce sujet avec Ludmilla. J'essayais d'obtenir un peu plus d'information.

« Que suggérez-vous ? » Demandais-je d'une voix dont le calme et la gravité me surprirent tout autant que mon interlocuteur.

« Nous pensons que Ludmilla doit quitter la Libye dans les délais les plus brefs afin qu'elle soit vue et reconnue ailleurs qu'ici.
C'est la seule façon d'apaiser la fureur des Libyens. »

C'était donc là qu'ils voulaient en venir : trouver le moyen de nous séparer.
Mais plus j'y réfléchissais, plus je me disais qu'ils n'avaient peut-être pas tout à fait tort, et cette décision devait d'autant plus leur convenir qu'elle assouvissait leur propre desiderata.

« Avez-vous un plan d'organisé pour cette fuite? »

« Nous parlons plus volontiers de 'plan de dégagement' » Me toisa-t-il.

« J'apprécie la subtile rhétorique, mais ce ne sont pas des mots dont nous avons besoin. »

Je n'aurais pas dû le battre, je le savais, je ne faisais qu'accentuer encore l'animosité qu'il me vouait, mais son air hautain commençait à sérieusement me peser.

Il avança son plan.

« Vous louerez un véhicule tout terrain et vous vous rendrez à la frontière Egyptienne ou un Agent de notre ambassade vous attendra. Vous avez deux jours pour vous y rendre et il attendra deux jours. Il faut que dans quatre jours au plus tard 'Mademoiselle Ludmilla' soit présente à une grande soirée de notre Ambassade Italienne à Rome ou elle sera vue et reconnue par les diplomates Libyens qui y sont également invités. »

Je notais le 'Mademoiselle Ludmilla', ça me faisait penser à Mam'zelle Sissi.

« D'après ce que vous me dites, je l'accompagne donc ? »

« Oui, jusqu'à la frontière, vous en serez personnellement responsable. Puis vous reviendrez nous rendre compte. »

Non seulement il me parlait de haut, mais de plus, il me traitait aussi de haut. Je me dis que notre rivalité escaladait dangereusement les pentes de l'animosité et son ton pour parler de 'Mademoiselle Ludmilla' me laissait deviner que la jalousie n'y était peut-être pas étrangère. Je décidais donc de le provoquer.

« Vous souhaitez exposer Ludmilla à une soirée comme on expose un tableau, mais qui me garantit que sa personne ne sera pas mise en danger ? »

J'utilisais son prénom en y mettant un ton familier.

Il devint très solennel, je l'avais touché.
« Monsieur, Elle est la fille d'un Diplomate, et sa sécurité ne saurait être mise en cause. »

Je lui assenais le coup de grâce.
« On ne peut pas dire que ce fut le cas avec les Palestiniens, ni que vous vous soyez personnellement impliqué pour la tirer de leurs griffes. »

Il se leva furax.
« Monsieur, je n'ai pas de compte à vous rendre.
Au revoir, et n'oubliez pas le rendez-vous.
Ma secrétaire vous remettra tous les documents dont vous aurez besoin pour situer le lieu d'échange. »

 « Et mon employeur, comment lui expliquer cette nouvelle absence ? »

« Nous nous en chargeons. »

Ce type avait le don de me faire perdre mon sang froid. Je claquais la porte.

La secrétaire me remit une enveloppe.
En quittant le Consulat, je l'ouvris. Elle contenait toutes les instructions de trajet et de coordonnées nécessaires au contact avec l'agent Egyptien.

Je filais louer une Toyota 4X4 , utilisant un nom d'emprunt puisque le loueur ne demandait que de l'argent en sous main.

Je récupérais Ludmilla afin qu'elle m'accompagnât pour récupérer le 4X4.

En chemin, je lui expliquais mon entretien avec l'attaché du Consulat.

Nous tombâmes d'accord que Landford et Saint Just utilisaient la situation à leur avantage mais que nous ne pouvions y changer grand chose.

« Mais je me charge de corriger les informations qu'ils auraient pu donner au Quai d'Orsay. »

Cela me rassura.

Je redoutais cependant le moment de la séparation, et plus encore l'après sevrage.

Elle tenta de calmer mes angoisses.

« Nous nous reverrons rapidement, j'ai suffisamment d'amis dans le milieu Diplomatique pour faire connaître et apprécier tout ce que tu as fait et mettre en valeur ce que tu es capable de faire. »

« Cela ne me rassure pas vraiment, si tu exagères mes qualités, tu risques de me faire missionner sur des objectifs qui m'éloigneront de toi. »

« Je mettrais comme condition de t'accompagner dans tes missions. »

Je n'insistais pas parce que son engagement, même s'il n'était jamais suivi d'effet, me contentait pleinement. Elle souhaitait défendre mon cas et m'associer à ses aventures, donc à sa vie. Que pouvais-je espérer de plus pour l'instant ?

Je préparais un paquetage complet pour l'expédition.
J'essayais de ne rien oublier, de vivre en pensées les
embûches qui pouvaient nous attendre.
Je glissais l'Hämmerli dans une des poches de mon
sac à dos, en espérant n'avoir pas à m'en servir.

Je fis une courte apparition au chantier pour expédier
les affaires en cours et donner mes dernières
directives aux agents de liaison. J'invoquais une
ballade touristique pour justifier mon absence.

Nous nous mîmes en route sans tarder.
Nous roulâmes de nuit jusqu'à Tobrouk. Nous avions
décidé d'un commun accord que la nuit nous serait
favorable pour éviter la circulation et les éventuels
barrages, les Libyens évitant de se déplacer
nuitamment.

Bien entendu, Ludmilla avait pris d'office les cartes
remises par le Consulat. Ses commentaires n'étaient
pas tendres.
« On ne peut pas dire que ces cartes soient très
précises, j'espère qu'on pourra se retrouver une fois
sur le terrain. »

La route pour Tobrouk est longue et dangereuse, c'est
une deux voies sans aucune protection latérale.

Les hommes et les animaux traversent la route
n'importe ou n'importe quand.
Cette route étant toute rectiligne, elle incite à la
vitesse, et un obstacle comme une vache ou chameau
ou même un bédouin peut surgir à tout moment et
l'éviter peut n'être que question de chance.

De jour, elle n'est pas vraiment plus sure car la chaleur crée des mirages, ces espèces de miroirs instables, ces mirages de mirage qui laissent à croire que la route s'élève et plane au-dessus du sol, vision miraculeuse, délétère, instable, fantasmatique,

A Tobrouk nous trouvâmes un hôtel tout à fait correct.
Tobrouk est une ville très appréciée des Libyens, c'est une ville très belle avec des ruelles encastrées entre de grandes maisons blanches qui se perchent sur une colline dominant la Méditerranée. Grande et belle ville blanche aux volets bleus, dominant la mer émeraude sous un soleil doré dans un ciel bleu azur
Si la Libye s'ouvrait au tourisme, l'infrastructure hôtelière ne pourrait jamais contenir le flux des envahisseurs.
Heureusement, les Libyens n'ont pas besoin et n'ont pas envie de s'ouvrir au tourisme, et la côte reste préservée du bétonnage spéculatif.

La matinée à l'hôtel fut consacrée au culte d'Eros.
Comme il fallait libérer la chambre à midi, nous passâmes notre après-midi à visiter Tobrouk puis nous allâmes prendre un bain dans la Méditerranée si chaleureuse et accueillante sous ces cieux.

A la tombée de la nuit, nous reprîmes la route, direction Al Jakoub.

Nous roulions silencieusement. Chacun de nous perdu dans ses pensées. Nous n'échangions qu'un minimum de phrases et qui concernaient toujours l'état de la chaussée qui se dégradait jusqu'à devenir une piste de sable, ou bien le froid qui atteignait une température avoisinant le zéro ou, enfin, le choix d'une route à un carrefour. Ludmilla me demandait mon avis par pure forme, mais elle semblait reconnaître le terrain comme s'il elle y était né.

Plus nous nous rapprochions du but, et plus la morosité semblait nous gagner. La fatigue n'était pas étrangère non plus à ce passage à vide.

Il nous fallut huit heures pour atteindre AL Jakoub. L'aube pointait le bout de son nez et nous devions avoir l'air bien dépité.

Nous pénétrâmes jusqu'au cœur de la cité qui vit naître Idriss III sans même nous en rendre compte.

Malgré l'heure hâtive, deux hommes vinrent à notre rencontre. Ils portaient des effets militaires, mais incomplets, débraillés et usés.

Ils se présentèrent à nous comme étant les représentants officiels du gouvernement dans ce village.

Cela nous refroidit un peu, mais ils avaient une attitude courtoise et civile.

Apres les présentations, ils semblaient si chaleureux, si heureux de voir des étrangers que nous nous décontractâmes.

Ils nous demandèrent le but de notre visite, et à ma grande surprise, Ludmilla leur répondit que nous étions venus admirer la forêt silicifiée et les lacs salés. De plus, cette affirmation sembla emplir nos hôtes de la plus vive satisfaction. Ils nous confièrent tout de go qu'ils seraient enchantés de nous servir de guides dans cette expédition. Ils ajoutèrent, comme pour mieux nous convaincre, que, sans eux, nous courrions les plus grands dangers.

Laissant de coter les dangers, nous leur demandâmes s'il était possible de prendre un peu de repos avant de partir.

Leur hospitalité dépassait toute espérance, ils nous emmenèrent dans la bâtisse qui servait d'école publique et déplièrent pour nous des lits de camps et des couvertures.

Leur vue me donna immédiatement une envie irrépressible de me jeter dessus.

Il fut convenu qu'ils viendraient nous chercher vers midi.

Je demandais à Ludmilla de s'expliquer.

« C'est simple, mon passeur ne sera pas là avant demain midi, et en attendant, je réalise un de mes rêves les plus chers : visiter la forêt silicifiée d'Al Jakoub. »

Cette femme ne cesserait donc jamais de me surprendre.

A midi tapant, le bruit rauque d'un moteur nous informa de leur arrivée.

Ils avaient ajustés leur tenue, et ressemblaient un peu plus à des militaires.

Nous prîmes place à bord de la Land Rover sur les places arrières, laissant le Toyota sur place.

En Libye, les vols sont très rares, les peines appliquées aux voleurs étant très décourageantes.

Deux fusils reposaient sur le siège avant entre les deux militaires. Nos regards devaient être interrogatifs et ils nous expliquèrent qu'ils s'étaient armés contre d'éventuels pillards du désert et surtout au cas ou nous rencontrerions un troupeau de gazelles, nous promettant de nous régaler d'un délicieux cuisseau dans ce cas.

Il n'y avait plus de piste, pas de repère ou d'amer, rien que du sable.

Ils roulaient à vive allure, semblant suivre un boulevard. Ludmilla prenait des notes et ne semblait pas perdue.

Les tôles ondulées furent, pour moi, les plus difficiles à supporter.

Une embardée soudaine me jeta contre la portière et mon coude heurta violemment la poignée de porte alors que Ludmilla se renversait sur moi.

Le chauffeur s'arrêta et pour toute excuse, nous montra du doigt un point du désert.

« Là, vous voyez la rivière de sable ? »

Ludmilla acquiesça.

Quant à moi, je ne voyais que du sable, encore du sable, toujours du sable.

Nous mîmes pied à terre. Quelle ne fut pas ma surprise en nous approchant, de voir une rivière de sable, c'est à dire une large coulée de sable qui ondulait tel un torrent.

C'était fantastique et irréel, du sable ruisselant telle une eau vive, dévalant une pente invisible et charriant des milliards de grains de sable.

Ludmilla me serrait le bras, elle espérait que je partageas son émotion, et mon émotion était identique à la sienne. C'était un moment intense que nos regards partagèrent.

J'en oubliais presque ma douleur au coude.

Les Libyens avaient pris leurs armes, et je me dis soudain que l'endroit était idéal pour une exécution sommaire.

De mon avant bras droit, je frôlais la crosse de mon Hämmerli sous ma chemise.

Les deux Libyens croisèrent leurs fusils en faisceau à même le sable et disparurent sans explication.

J'étais soulagé et curieux.

Ils revinrent avec des fagots de bois pleins les bras.
Toujours sans un mot, ils disposèrent des pierres en cercle, puis y allumèrent un feu.
L'heure sacrée du thé avait sonné.
Ils nous offrirent le 'Chai' selon les règles ancestrales de leurs traditions.
Je regrettais un instant ma suspicion, mais me félicitais de ne pas m'en être ouvert à Ludmilla qui n'aurait sûrement pas apprécié mes doutes.
Ou diantre avaient-ils trouvé leur bois ?
Voilà un mystère que je n'expliquerais jamais.

Il devait être trois ou quatre heures lorsque nous atteignîmes le but de notre expédition.

J'oubliais les bosses, les coups, mes fesses laminées, mon coude endolori.
Là en plein milieu de nulle part, dans un décor de sable ocre aux reflets orangés, des troncs brisés d'arbres bruns de silice se dressaient. Toute une forêt décimée qui résistait au temps et à l'usure, une forêt devenue éternelle, d'arbres désormais immortels.
Notre émerveillement fut si sincère que seul notre silence pouvait le traduire.
Un tel trésor pour nos seuls yeux écarquillés, comment cela était-il possible, pourquoi un tel privilège ? Tant de personnes cherchent le Graal, la splendeur, et elle nous était offerte sans contrepartie, sans arrière pensée, sans calcul.
Ainsi, dans ce désert aride et inhospitalier se dressait voici plusieurs millions d'années une forêt dense où

vivaient des animaux, ou voletaient des insectes, ou nichaient des oiseaux.

Nous caressions ces vestiges de nos yeux, de nos mains, de notre âme.

Les ruines d'arbres, pour la plupart, jonchaient le sol sur leur flanc, certaines à-demi enfouies, d'autres dans des postures désuètes, étaient tombées sous l'effet de quelque bourrasque et s'étaient fichées en terre puis avaient coulées dans le sable sous leur poids. Quelques rares troncs épars se tenaient encore debout, comme semblant défier le temps et les éléments.

Je remarquais un assemblage maladroit de plusieurs troncs mis les uns sur les autres, mais visiblement de façon anachronique, certains morceaux du dessus étant plus gros que ceux qui les supportaient. Les hommes du désert devaient s'amuser à ces échafaudages malhabiles, par jeu ou peut-être par mysticisme.

Ludmilla se pencha et pris dans ses mains un morceau de tronc. Elle peinait à le lever, il ne semblait pourtant pas bien gros.

Je décidais d'en faire autant et me penchait sur ce qui ressemblait à une bûche de taille moyenne. Ma surprise fut totale, impossible de bouger même d'un centimètre ni de faire rouler la bûche. Sa densité était telle que son poids dépassait de loin l'estimation qu'on pouvait en faire à vue d'œil. Je me résolus à porter mon choix sur un morceau de plus petite taille, à peu près de celle que Ludmilla avait choisie. Le morceau, bien que ressemblant traits pour traits à un morceau d'arbre, avec ses veinules, son écorce et ses nœuds et même sa couleur, était en fait très pesant, on aurait dit de l'acier d'arbre.

Ludmilla tournait dans ses mains la pièce qu'elle avait ramassé et parlait à voix basse mais audible.

« Regarde, regarde attentivement ce morceau de bois
qui n'en est plus, que ton regard et que ton âme
pénètrent au cœur de cette chose extraordinaire, que
ton esprit se fonde à la matière et sente ce qui s'est
passé voici des millions d'années.
J'étais un bel et grand arbre aux feuillages vert et dru ;
mes racines étaient profondément incrustées dans le
sol pour y puiser ma nourriture et mon eau. Je vivais
au milieu des autres arbres et nous formions une forêt
qui abritait sous son ombrage des animaux plein de
vie et d'amour.
Une sécheresse soudaine a frappé cet endroit. Nous
sommes tous morts en quelques semaines nos feuilles
sur le sol ne se décomposaient plus pour former ce
terreau nourrissant, elles se sont flétries et racornies et
un vent brûlant les a emportées. Nos branches sont
tombées et sont devenues de la poussière. Le vent
soufflait continuellement en bourrasques chargées de
fines particules de sable. Nos troncs qui contenaient
encore un peu de sève ont été infiltrés par le silice
microscopique, et les fines particules du silice se sont
soudées entre elles, utilisant la sève nourricière et
l'infime humidité que le vent transportait. Le silice
nous a entièrement phagocyté, s'est substitué à nous
mêmes, est devenu nous mêmes et n'a conservé de
notre fière splendeur que notre couleur. »

Pendant qu'elle s'exprimait ainsi, j'observais
Ludmilla. Elle était en transe, elle semblait vraiment
pénétrée des ondes lointaines et présentes de l'esprit
de ce bois qu'elle tenait, maintenant, serré contre sa
poitrine.

Mais son regard hagard et brillant de ses larmes était
plein de bonheur, du bonheur de ressentir exactement

et profondément ce que ce bois avait vécu et ce dont il avait péri.

Et ce bonheur, je le partageais avec Ludmilla.

Nous passâmes la nuit au village.

Nuit d'amour, de tendresse, de caresses, d'étreintes, de sueurs, de baisers, de langues, de sexes, de peaux, de doigts, d'ongles, de bras, de jambes, de cheveux, de joues, de fesses, de coudes, de genoux, de nez, de poils, de chaleur, de jouissance.

Mais avant que le jour se lève, nous nous décidâmes à discuter de notre avenir.

J'ouvrais les débats.
« Plus que quelques heures et notre séparation sera un fait. »

« Elle ne sera que temporaire. »

« Tu me sembles bien sûre de toi ? »

« Evidemment, ça dépend aussi de toi et de ton désir de me revoir. »

« Pour te prouver mon attachement, je peux te suivre en Egypte. »

« Non, nous devons accepter cette épreuve, mais elle ne doit pas mettre un terme à notre histoire. Je sais que tu m'aimes et tu me l'as prouvé. L'épreuve de la séparation et du temps renforcera notre amour ou l'effritera comme une peau de chagrin.
Sommes-nous si certains de nous-mêmes ?

Nous allons bien le voir.

Nous nous connaissons depuis si peu de temps, quelle est la mesure de notre attachement réciproque ? Que sommes-nous prêts à partager ? »

« Je préfère les actes aux longues phrases. L'éloignement me fait peur car je ne serais plus là pour te protéger et lorsque je dis protéger, je ne sous-entend pas 'surveiller'. Tu es dans le collimateur des Palestiniens et des Libyens, je n'ai pas vraiment confiance dans les services Français, surtout quand je pense au snob qui donne si facilement des leçons mais qui se défile quand ça chauffe. Ou quand je pense au British qui ne fait que tirer les marrons du feu. »

« Tu ne dois mélanger les genres. Il y a eux et puis il y a nous. Ne les utilisent pas comme alibi pour justifier ta parano. Je sais me défendre, je me suis fait prendre, mais je m'en serais tirée, je n'attendais rien des autres avant de te connaître, et je n'aspire qu'à poser ma tête sur ton épaule, tu n'as pas fini de me mériter. »

Elle mettait la barre bien haut, elle cherchait à raidir ma volonté pour la mettre au diapason de la sienne.
J'appréciais son courage et sa détermination. Je devais m'en montrer digne, lui faire confiance, Nous faire confiance.

Lorsque la Land Rover s'arrêta devant l'école, je reconnus le bruit de son moteur devenu presque familier.
Nous étions sensés repartir pour Benghazi.
Ils venaient nous faire leurs adieux.
Nous les remerciâmes chaleureusement.

Quelques heures plus tard, nous étions au milieu de monts rouges acides, aux formes découpées par l'érosion des rares pluies du désert, à la frontière Egyptienne.

Pas de pistes là non plus, mais Ludmilla semblait chez elle. Je commençais à m'inquiéter pour mon propre retour. Mais elle dessinait sur sa carte la route avec un crayon afin que je retrouve mon chemin.

Après avoir franchit plusieurs obstacles difficiles, nous atteignîmes une vallée magnifique, toute verte, couverte de lacs et de marécages.

« Les lacs salés. » Annonça-t-elle.

Une halte s'imposait, nous nous devions d'observer de plus près cette merveille.

L'eau, bien que salée, était d'une limpidité et d'une transparence éclatante. Seuls les bords des lacs étaient couverts d'une croûte blanche. Des geysers jaillissaient aux milieux de petites mares chaudes dont l'eau fumait.

Ne pouvant résister à une telle pureté, je me déshabillais et me plongeais dans cette eau bouillante. Elle était si salée et chaude que je sentis des brûlures sur tout le corps.

Ludmilla me regardait en riant.
« Tu es devenu fou. Si tu restes dans cette eau corrosive tu ne seras bientôt plus qu'un squelette. »

Nu comme un ver et cramé comme un bâton d'encens, je m'extirpais du jacuzzi naturel.

La balle siffla à mon oreille avant que je ne perçoive le bruit de la détonation.
Comme un diable sortant de sa boîte, je bondis tel un ressort en entraînant Ludmilla dans ma chute.
Je perçus la seconde détonation, mais pas de sifflement de balle.
Nous devions être hors du champ de vision du tireur.
Je rampais vélocement sur mes genoux, tel un crocodile tortillant du cul, jusqu'à la Land Rover en tirant Ludmilla par le bras.

J'agrippais mon Hämmerli avec fébrilité. Nu et désarmé, c'était trop.

L'orientation de la deuxième détonation était différente, elle provenait d'un point plus à droite et plus haut, et je m'apprêtais à affronter au moins deux tireurs.

J'enfilais mes jeans à l'abri de la Land.

Un arabe, tout de blanc vêtu, se dressait à l'endroit ou j'avais localisé le deuxième tir. Il nous adressait de grands gestes.
Nous comprîmes que notre contact Egyptien se signalait à nous de cette façon peu discrète.

Il descendit vers nous en dévalant la pente comme un danseur ébréché.
Il criait quelque chose que je ne parvenais pas à comprendre.
Enfin sa voix se fit plus nette et je compris qu'il nous criait son nom et ses références.

« Je suis Mohammed Musri votre contact, et je viens de tuer un bandit qui voulait vous dévaliser. » Hurlait-il à l'infini.

Il aperçût soudain mon arme et s'arrêta net.

« Qu'elle preuve as-tu que tu es bien notre contact ? » Demandais-je péremptoire.

« Mes papiers sont dans ma Toyota » Répondit-il déconfit en laissant tomber son magnum sur le sable.
Il avait un air sincère, mais je ne cédais pas à cette impression.

« Allons voir. »

Je ramassais son arme et la passais à ma ceinture.

Nous montâmes tous trois dans la Land et nous dirigeâmes dans la direction que nous indiquât Mohammed, celle de la Toyota
Le Toyota portait une plaque diplomatique.
Ses papiers semblaient OK, mais je souhaitais voir le bandit afin de comparer leurs physionomies.

« Je vais voir qui nous a attaqué. » Informais-je Ludmilla

Elle nous attendit dans le Toyota.

Le mort ne ressemblait pas du tout à l'Egyptien. Il gisait, paisible, sur le sable rouge et son sang semblait se confondre avec ce sable.
C'était la deuxième fois que je voyais un homme baignant dans son sang, mais je m'étais endurci et même si je ressentais de la compassion pour cet être

qui vivait encore quelques minutes auparavant, je n 'éprouvais aucun remords. Je n'avais pas tiré mais, lui, m'avait visé.

Je le fouillais méticuleusement.
Il n'avait aucun papier sur lui.

« Vous êtes vraiment méfiant. » Me reprocha l'Egyptien.

« Il ne faut pas confondre la méfiance et la négligence. » Lui rétorquais-je en lui rendant son arme.
« Qui peut-il être ? » Interrogeais-je.

« Sûrement un brigand du désert. Un Soudanais je crois.
Il fait peut-être partie d'une bande qui n'est pas loin, ou bien il agissait seul.
On ferait mieux de ne pas traîner ici de toutes façons. »

« Ne devrions-nous pas l'enterrer ? » Le questionnais-je.

« Je préviendrais les autorités d'Al Jakoub par radio, ils viendront le prendre en charge très rapidement. »

J'étreignais Ludmilla, je la caressais, je l'embrassais autant que je pouvais et l'Egyptien regardait dans une autre direction.

« Il faut partir. » Murmura-t-il prudemment sans se retourner.

Lorsque le Toyota s'éloigna, ce fut comme un déchirement pour moi.

Soudain, la vie perdait son sens, les boussoles perdaient le Nord, les aiguilles des pendules tournaient à l'envers, le désert devenait banquise, le ciel tombait sur nos têtes, mes sens se bloquaient, mes convictions se liquéfiaient. Une tranche de ma vie venait d'être débitée, et c'était comme une amputation, une opération à cœur ouvert sans anesthésie.

Je restai prostré un long moment dans le Land, essayant de récupérer mes esprits.

Je me décidais à partir en pensant que les flics d'Al Jakoub pouvaient arriver d'un instant à l'autre.

Ludmilla avait laissé ses plans sur le siège. Je les lus. Ils étaient formidablement détaillés, avec des annotations si proche du terrain que je n'eus aucun mal à retrouver la route de Tobrouk.

Après tout, il me resterait un souvenir d'elle.

Je roulais jusqu'à Benghazi sans une seule halte.

J'en avais marre du ciel céruléen, du soleil lumineux, de la mer bleue, du sable, des chameaux, des chèvres, des ânes, des rues défoncées, des mosquées, de la prohibition, de la censure, du Consulat et de ses agents polychromes.

Je rentrais et dormis 48 heures d'affilées.

Des coups violents à la porte d'entrée me réveillèrent.

C'était le capitane Landford qui venait m'informer que j'étais attendu de toute urgence au Consulat par l'agent consulaire Jacques de Saint Juste.

Ca y'est, me dis-je, ils vont me refaire le coup du rapport en trois exemplaires, ils pouvaient toujours courir !

L'agent consulaire me reçut avec condescendance et politesse. J'eus même l'honneur d'un Kahoua à la cardamome.
Je me dis qu'il devait avoir besoin de moi pour être aussi obséquieux.
Mon intuition n'est jamais vaine, après les formules de politesse d'usage, un peu étendue parce que les us et coutumes du pays finissaient par déteindre sur nos comportements, il attaqua dans le vif du sujet.

« Nous avons reçu une sollicitation des services secrets Libyens, ils souhaitent vivement que vous participiez à leur prochaine opération en Tripolitaine. » Il fit une pause pour étudier mes réactions.

J'étais encore dans les limbes de mon sommeil interrompu et incapable d'une expression significative.

Il continua donc sans hâte :
« C'est assez surprenant qu'ils nous demandent de détacher en mission commandée un simple quidam qui n'est pas recensé comme agent de nos services, monsieur l'Ambassadeur et monsieur le Consul sont

très curieux de savoir les motifs d'un tel intérêt pour votre petite personne ?»

Il avait prononcé les derniers mots du bout de ses lèvres pincées, comme si ils le piquaient en sortant et cela donnait comme un sifflement, un chuintement semblable au bruit que font les serpents quand ils alertent l'adversaire de leur attaque imminente.

« Vous n'avez qu'à refuser. » Fut ma réponse instinctive.

« Vous pensez bien que si nous en avions les moyens, c'eut été déjà fait ! » Il avait accompagné sa phrase d'un mouvement de tête qui lui avait relevé le menton et écrasé les lèvres l'une contre l'autre. Difficile de faire mieux comme moue de dédain.

Il reprit :
« Avez-vous une idée de la raison pour laquelle vous êtes réclamé par les Libyens ? »

C'est drôle, ça, ce type me traite comme le dernier des moins que rien et me demande de lui fournir des explications qu'il n'est pas capable de trouver par lui-même ! Il me prend pour son larbin, ou quoi ?

Dépité par mon silence, il continua :
« Quoi qu'il en soit, c'est vous qu'ils ont choisi pour les assister et représenter l'Ambassade de France pendant la visite de notre premier ministre, Monsieur Chirac à Tripoli le mois prochain. » Je sentais qu'il avait lancé tout ça pour s'en débarrasser une bonne fois, il paru un peu soulagé, mais le poids de sa tâche devait lui paraître un fardeau considérable car il restait encore très tendu.

« Votre mission consistera à faire l'interface entre les agents Libyens et les agents Français. Est-ce vrai que vous parlez Arabe ? » Et dans le ton de sa question, il y avait plus que du doute, du scepticisme.

« Ayoua ! » répondis-je en Arabe.

Il n'insista pas, ne chercha même pas à savoir comment j'avais pu l'apprendre.
« Vous n'aurez pas à intervenir, en aucune circonstance, vous vous contenterez de signaler tout événement que vous considérerez comme suspect aux autorités Libyennes. D'ailleurs, vous recevrez un ordre de mission en bonne et due forme le moment venu. »

Comme je ne bougeais pas, attendant d'être congédié, il finit par me dire :

« C'est tout, vous pouvez disposer. »

« Et mon entreprise ? » Lâchais-je tout en devinant la réponse.

« Nous nous chargeons de vous couvrir, vous le savez bien. »

En sortant , je croisais le Capitaine Landford qui fumait son clope dans le petit jardin du consulat.
Il m'interpella :
« Alors ! c'est vous qui avez été retenu pour la visite de Chirac ? »

« Est-ce une question ou une information ? »

« Ne faites pas trop le malin, si jamais il y a du grabuge, c'est vous qui en répondrez et vous pourriez retrouver la prison plus vite que vous ne croyez. »

N'ayant pas grand chose d'autre à faire, je me pointais au bureau histoire de voir comment j'allais être accueilli après mon absence qui avait dû être fort remarquée.

Tu parles, Charles !

Pas un mot, pas une allusion, rien !

Juste un mot sur mon bureau pour me demander de « prendre langue » (j'ai toujours eu une sainte horreur de cette expression) avec le directeur.

Je décrochais le téléphone et c'est son ' épouse secrétaire assistante bras droit conseillère particulière ' qui me répondit et me demanda in petto de venir illico.

Elle me regardait avec bizarrerie, ou plus exactement comme une chose bizarre. Son visage sur-maquillé hésitait entre le sourire et la grimace. J'avais envie de rigoler, mais je me retins.

Le patron me reçut avec un grand sourire jovial.

« Comment allez-vous, Yfig ? »

« Bien, je vous remercie, et vous ? »

« Ainsi donc, vous rendez de menus services au consulat ? »

« Oui patron, et je vous prie de m'excuser pour mes absences de ces derniers jours. »

« Pas de problème, le Consul m'a tenu lui-même informé de votre indisponibilité. »
Il y eut un silence, puis
« Il m'a tout raconté, vous savez, vous pouvez vous confier à moi et me raconter comment ça s'est passé pour vous. »

Le roué, pensais-je.
« Mais tel que monsieur le Consul vous l'a raconté, boss. »

« Oui, bien sûr, mais j'aimerais l'entendre de votre bouche. »

« Eh bien, comme il a dû vous le dire, j'ai assisté l'agent consulaire monsieur de Saint Juste auprès des autorités Libyennes pour traduire leurs conversations en Arabe, monsieur le Consul voulait absolument avoir un Français pour cette tâche. »

Il me regarda en biais, il se doutait que je lui racontais des cracks, mais ne pouvais rien faire pour m'obliger à lui raconter la vérité.

« Bon ! mais on me dit aussi que le mois prochain, le consulat ferait de nouveaux appel à vos services, de quoi s'agit-il, cette fois ? »

« Mais toujours pareil, patron, de traductions confidentielles. »

« Vous cherchez à me bluffer, Yfig, et ce n'est pas bien ! Il y a un traducteur officiel au Consulat et je ne vois pas pourquoi il prendrait un civil pour ce travail ? »

« Mais monsieur le Consul a dû vous expliquer ses raisons ! »

« Oui, mais ça reste confus pour moi, expliquez-moi à votre façon ? »

« Je ne vois pas grand chose à ajouter à ce qu'a dû vous dire le Consul. »

Il prit un air boudeur. Il ne pu s'empêcher d'agiter son bâton au dessus de ma tête :
« Je pourrais refuser de vous mettre à leur disposition, vous savez ! Nous sommes une entreprise privée, pas une annexe du consulat. »

« Boss, je n'y suis pour rien, si vous l'estimez juste, refusez de me laisser à la disposition du consulat. »

Il ne fallait pas être grand mage pour sentir le dépit du directeur.
Il me raccompagna jusqu'à sa porte, ce qui, pour lui, représentait une marque extrême de cordialité. En le saluant, j'entraperçus la tête de sa femme qui guettait mon départ dans l'entrebâillement de leur porte de communication interne avec un air de curiosité maladive. La pauvre allait être fort déçue …. et ça me réjouissais.

Je repris le travail, mais le cœur n'y était pas.
Je ne cessais de penser à Ludmilla.
Je ne participais plus aux soirées entre européens ou amis Libyens et j'avais tendance à envoyer les collègues de travail se faire voir ailleurs.

Un soir, me sentant seul et quelque peu désespéré, me demandant où elle pouvait être et ce qu'elle y faisait,

j'ai repensé à la tâche. Je l'ai redessinée de mémoire et scotchée au plafond au dessus de mon lit. J'avais laissé une lumière dans la couloir et la porte à peine entrouverte, ce qui faisait une douce pénombre.
Allongé nu sur le lit, j'ai regardé la tache … et me suis endormi.
Au moins, le lendemain, j'étais un peu plus détendu et civil avec mes coreligionnaires.

La tâche étant restée au plafond, je n'y prêtais plus qu'une attention distraite. Il semblait qu'elle n'avait plus aucun effet sur moi.

Pourtant, un soir, je sentis de nouveau absorbé par la tâche, le plafond tourna, puis il sembla devenir mou, opaque et enfin transparent comme une eau sans fond et je fus comme aspiré.
C'était une pièce immense et j'avais dû changer d'époque car le décor et les personnages me rappelaient le moyen âge. Les plafonds étaient très hauts et décorés de fresques et d'enluminures, de gigantesques tentures rouges brodées d'or tombaient le long des murs. Une musique grandiloquente d'instruments à corde sans aucun cuivre remplissait tout l'espace et des hommes et des femmes dansaient avec maniérisme. Ils portaient des masques, leurs vêtements étaient de velours et de soie, les hommes portaient des bas qui laissaient voir leurs mollets et des chaussures pointues et luisantes, les femmes des robes bouffantes, des bustiers serrés et des dentelles aux cols et aux manches. J'étais à la porte d'entrée de cet immense hall qui aurait pu être celui d'une gare et j'aperçus l'orchestre loin, de l'autre côté de la pièce. Je m'approchais d'un groupe de personnes qui ne dansaient pas et je les entendis parler Italien. Je ne comprenais pas ce qu'ils disaient, ils devaient parler

dans une espèce de dialecte mais leur conversation devait être fort joyeuse car ils riaient aux éclats. Me faufilant parmi les petits groupes sans que personne ne puisse déceler ma présence, j'entendis quelques mots de Français qui m'attirèrent, surtout que je crus reconnaître la voix de Ludmilla. Et c'était elle, elle portait, comme les autres femmes un costume d'époque, jaune auréoline et une mantille blanche sur les épaules par dessus laquelle ses cheveux roux s'épanouissaient. Elle tenait à la main un loup avec lequel elle cachait son visage, mais tout la trahissait.

Elle s'entretenait avec une autre femme que je ne connaissais pas et lui disait :

« Je ne sais pas pourquoi il ne répond pas à mes lettres, je les lui ai adressées par la valise diplomatique pour être certaine qu'elles lui parviendraient, mais depuis plus d'un mois, aucune réponse … »

Elle n'eut pas le temps de finir sa phrase, un gaillard qui ne me semblait pas tout à fait inconnu malgré son masque, venait de lui prendre le bras en s'inclinant dans une attitude non équivoque et qui était une invitation à danser.

« Excusez-moi, Jacques, mais je suis avec ma cousine Eloïse que je n'ai pas vu depuis longtemps et nous nous entretenions … »

Il lui serra le bras plus fort et la força à le suivre vers le centre de la pièce sans tenir le moindre compte de ses rebuffades, puis il lui enveloppa la taille de son bras gauche en la serrant contre lui pour l'obliger à danser.

J'étais dans un état de furie sombre et impuissante, je n'étais qu'une ombre sans corps.

Ludmilla se débattait, puis elle sembla céder et il relâcha quelque peu son étreinte, aussitôt, elle en profita et de sa main droit qui tenait un éventail, elle

le gifla avec rage. Les couples les plus proches
cessèrent de danser pour les observer et de Saint Juste
fut bien obligé de la laisser filer.
Je tombais dans les pommes ! en fait, je m'endormis.

Au matin, et le soleil n'était pas encore levé, je
m'éveillais avec les tripes au bord des lèvres. Je
n'avais qu'une pensée, aller au consulat voir si l'agent
consulaire félon y était ou non.
J'attendais devant la porte du consulat depuis plus de
deux heures quand le gafir (gardien) ouvrit enfin le
portail. Comme je me présentais, il me reconnut et
m'informa que personne n'était encore arrivé et qu'il
ne pouvait me laisser entrer.
Je retournais mariner ma sourde colère dans la
voiture.

N'y tenant plus, j'allais faire un tour du côté de la mer
histoire de passer le temps.

Absorbé par des pensées haineuses et vengeresses, je
ne prêtais pas vraiment attention à ma conduite et je
fus surpris de voir brutalement un grand échalas de
flic faire des sémaphores de ses bras devant mon
véhicule tout en s'époumonant à siffler comme un
hurluberlu dans son sifflet.
Je m'arrêtais et lui demandais, de mon air le plus
innocent, ce qui me valait ses gesticulations ?
« Vous êtes dans un sens interdit » me cria-t-il dans
les tympans.
« Mais ce n'est pas possible » lui répondis-je, sans
réelle conviction.
Les flics Libyens ne sont pas corruptibles, enfin, pas
quand ils risquent d'être observés par des témoins. Je
le savais et je savais que si je m'étais aventuré à lui

proposer de l'argent, je risquais surtout d'aggraver mon cas voire risquer la prison.

« Que dois-je faire pour réparer ? » Lui demandais-je avec un faible espoir d'amnistie.

« Je n'en sais rien, nous allons à la station de police et c'est le chef qui décidera. » Il monta sans autre forme de procès dans mon véhicule et m'indiqua par des 'droites', 'gauches' et 'tout droit' le chemin du poste. Plus nous roulions et plus ma conviction se renforçait, nous nous dirigions tout droit vers le commissariat où j'avais emmené Bernard à la demande de l'inspecteur Sid Hamed Al Ameyni.

Je garais la voiture devant le poste de police et l'agent de la circulation zélé me conduisit par le dédale de couloirs jusqu'au bureau d'un flic que je devinais gradé en voyant les galons sur les épaules de la veste posée sur dossier de sa chaise.

L'agent zélé lui expliqua la situation et je compris très rapidement que ça allait se passer sans témoins et que je pouvais, à présent demander le montant de ma peine.

Je payais sans marchander l'amende réclamée, en liquide et sans récépissé.

L'agent ne me raccompagna pas et je faillis me perdre dans les couloirs gris.

Sid Hamed Al Ameyni se tenait debout devant mon véhicule. Il m'attendait.

« Vous êtes venu me rendre visite ? »

« Non, inspecteur, je ne pensais pas pouvoir vous déranger en plein travail. »

« Dans ce cas, que faites-vous ici ? »

Je lui expliquais mes déboires et il me dit qu'il allait m'aider à récupérer mon argent sur le champ et que ce n'était pas une façon de traiter son frère et qu'ils allaient entendre parler de lui et que ..... Je l'arrêtais dans sa ferveur et lui demandais de n'en rien faire et de ne par intercéder en ma faveur alors que j'étais en faute. Il m'invita à venir prendre un café dans son bureau.

« Alors, vous serez des nôtres la semaine prochaine pour la venue de votre premier ministre ! »

J'étais interloqué.

« Vous êtes au courant ? »

« Bien sûr, puisque c'est moi qui vous ai recommandé ! Vous êtes un homme sûr et aguerri, et de plus vous parlez assez bien l'Arabe, j'espère que ça vous permettra de vous faire remarquer de vos supérieurs, et je ne suis pas inspecteur, mais général, nous vous avons joué cette comédie car nous nous doutions de quelque chose. »

« Mais, raïs, je ne suis ni un diplomate ni un agent, je ne suis qu'un salarié expatrié, un quidam très ordinaire comme dit l'agent consulaire (lui, il ne perdait rien pour attendre !) »

« taratata, si vous n'étiez qu'un quidam, on ne vous aurait pas envoyé récupérer la jolie jeune femme Française dans le camp Palestinien ni l'aider à s'enfuir à notre barbe ! »

Cette fois, j'étais estomaqué. Etait-il sérieux, avait-il des preuves ou de simples intuitions ?

Je devais faire une tête explicite car il tenta de me rassurer :

« Nous ne sommes pas dupes, mais nous ne sommes pas rancuniers non plus, nous admirons votre habileté, vous ne vous êtes pas fait prendre et vous n'avez blessé personne, nous avons de l'admiration pour les gens de votre sorte et c'est pour ça que nous avons

exigé auprès de votre Ambassade que vous soyez le représentant officiel pour la France. »
Je renonçais à chercher à le convaincre de quoi que ce soit et le quittais non sans une certaine émotion.

En revenant vers le consulat, je retournais dans ma tête les révélations de l'inspecteur – général. Je me demandais qui était au courant de quoi ? Qui informait qui ? toute cette histoire me semblait presqu'aussi improbable que mes voyages dans la tâche.

C'est la secrétaire du consul qui me reçut avec courtoisie et un autre café.

« Monsieur de Saint Juste n'est pas en Libye. » M'apprit-elle.
« Pouvez-vous me dire où il est ? en France ? »
« Non, il est en Italie, à Venise, pour le carnaval. »

Je sirotais mon café en silence et la secrétaire devait se demander pourquoi j'avais cet air songeur et boudeur.
J'osais à peine poser la question, mais ça me tarabustait trop pour que je fasse l'impasse :
« N'auriez-vous pas du courrier pour moi ? »
« Comment ça, je croyais que monsieur de Saint Juste vous avait remis vos lettres lors de votre dernière entrevue ? »
L'accoudoir en bois de mon siège craqua sous ma poigne, à moins que ce ne fusse mes articulations.
« Non, il a du oublier. »
Mon flegme n'avait d'égal que mon impétueuse détermination à casser la gueule de ce foutriquet dès son retour. D'une voix suave comme une coulée de nitroglycérine, je la priais :

« Vous seriez très aimable de m'avertir dès son retour
afin que je puisse récupérer mon courrier »
« Je n'y manquerai pas. »

Son téléphone tintinnabula.
« Oui, Monsieur le Consul. Tout de suite. » puis , à
mon intention :
« Monsieur le Consul souhaite faire votre
connaissance. »

Quand elle poussa la porte de son bureau en
s'effaçant pour me laisser passer, je fus surpris par la
taille dudit bureau. Le Consul venait à ma rencontre
avec un sourire fendu d'une oreille à l'autre. C'était
un homme d'un certain âge, un Libanais marié à une
arménienne, comme tous les Libanais, il avait un sens
aigu de l'accueil et sa silhouette trapue et
ventripotente semblait vous envelopper tout entier
lorsqu'il s'avançait ainsi vers vous les bras
légèrement écartés. Puis, au dernier moment, il lançait
son bras droit prolongé d'une main épaisse en
rabattant son bras gauche le long du corps.

« Ainsi, voilà le jeune homme qui nous a rendu
service et qui va encore nous rendre service dans les
jours à venir. » Il avait une toute petite pointe
d'accent arabe dans sa voix de velours qui vous
caressait les oreilles comme un rahat-loukoum vous
enchante le palais.

« Asseyez-vous, jeune homme. » Il me conduisit
jusqu'au fauteuil faisant face à son bureau, et alla
s'asseoir à son tour.

« Comment trouvez-vous la Libye mon cher Yfig ? »

Je ne pouvais m'empêcher de me méfier de tant de civilités, je repensais à mes doutes pendant le trajet entre le commissariat et le consulat : qui informait qui ? et de quoi ?
Mais la question était d'une telle banalité que j'aurais eu mauvaise grâce à ne pas répondre sur le même ton insignifiant.

« C'est un pays splendide, et c'est une grande chance de pouvoir s'y promener sans contraintes et surtout sans le moindre touriste pour polluer les sites archéologiques qui restent accessibles vingt quatre heures sur vingt quatre sans limites. »
Je vis ses petits yeux sombres devenir plus noir que du bitume, ma logorrhée lui aurait-elle déplu ?

« Vous vous promenez souvent dans les sites archéologiques ? »

« J'ai parfois l'impression que toute la Libye est un gigantesque site archéologique, mais je pensais plus particulièrement à Tolmeitha et surtout Apollonia et Ptolémaïs en Cyrénaïque »

« Et qu'est-ce qui vous attire dans ces sites ? »

« Les âmes qui rodent ! » Dis-je d'une voix grave et légèrement caverneuse.

Il me regarda dubitatif et quelque peu stupéfait. J'ajoutais d'une voix normale :
« Cette impression indéfinissable d'être partout accompagné de pensées qui se révèlent par les sculptures, les statues, les mosaïques et même les ouvrages plus importants comme les aqueducs qui servaient à amener l'eau jusque dans les maisons, tout

cela est fantastique. » J'avais terminé sur un ton de légère excitation en repensant à tous ces trésors.

« Vous êtes un homme de passion. » Il m'observait attentivement ; il ne m'observait pas, il m'évaluait et, certainement, découvrait une part de ma personnalité dont personne ne l'avait prévenu. Qu'avait donc bien pu lui raconter de Saint Juste sur mon compte ? Certainement pas des louanges.
« Et quand vous êtes sur le terrain, comment faites-vous ? Les hommes d'action sont, en général, beaucoup moins …… intellectuels ! »

« Je ne suis pas 'intellectuel', c'est un qualificatif à connotation morbide, ça ne peut concerner que des fonctionnaires qui entretiennent leur bide en justifiant leur paresse et leur veulerie par des mots vains et fats. » En fait, je pensais à Saint Juste, mais le Consul se sentit visé, à juste titre.

« Vous devez me trouver très intellectuel ? »

« Je ne me permettrais pas de vous juger, Monsieur le Consul, je vous parlais d'une réaction par rapport à un mot, mais les personnes, elles, sont toutes différentes, et je me garde de juger sur l'apparence, je connais un peu mes classiques. »
« Vous pensez donc que l'habit ne fait pas le moine ? »

Où voulait-il en venir ?
« Je dirais plutôt que l'habit ne suffit pas à faire le moine, il faut aussi des sandales, un goupillon et un encensoir. »

« Personne ne vous a apprit à mesurer vos propos et à éviter de faire de l'esprit quand ça n'est pas nécessaire ? »

« Ca vous ennuie tant que ça que j'aie de l'esprit ? »

« Oui, pour ce qui vous est demandé, l'esprit est superflu, et ce qu'on vous demande, c'est de ne pas l'exhiber, c'est tout ! »

« Je retiendrai la leçon, monsieur le Consul. » Je venais de décider de laisser cet obtus à sa diplomatie béate.
Que devait-il penser de moi, de son côté ?   'Un jeune con qui croit tout savoir !'

Nous nous séparâmes avec un soulagement réciproque.

Je ne revis le consul que le jour de mon départ pour Tripoli. Il était à la fenêtre de son bureau, derrière son rideau et c'est en franchissant la grille du jardinet que je l'aperçus furtivement.

Le capitaine Landford m'accompagna jusque dans le bureau de de Saint Juste, ne me lâchant pas d'une semelle. Il était très tendu et m'avait à peine dit bonjour, ça sentait l'embrouille !
Il prit la chaise à côté de la mienne et le Saint Juste ne prit même pas la peine de me saluer. Il me tendit une enveloppe par dessus le bureau :
« Voici vos instructions, veuillez les suivre à la lettre. » et son visage était grave comme le ton de sa voix.

« C'est tout, la jeep vous attend à la grille du consulat pour vous emmener à l'aéroport. »

Je ne bougeais pas d'un iota, et je laissais le silence faire son œuvre de tension.
Puis, quand je les vis se trémousser sur leurs sièges comme des anguilles prises à l'hameçon, je demandais de ma voix la plus grave :
« Vous n'oubliez pas de me remettre quelque chose ? »

De Saint Juste n'arrêtait pas de lancer des regards désespérés vers Landford, mais celui-ci ne pouvait pas grand chose pour lui. Jacques de Saint Juste s'était mis seul dans cette fâcheuse situation en interceptant mon courrier et il semblait déterminé à s'enfoncer encore plus.
« Ecoutez, si vous parlez d'un certain courrier, je suis tout à fait désolé, mais je l'ai oublié dans ma valise en Italie et je vous ramènerai tout ça lors de mon prochain voyage. »

« Si vous refusez de me donner mon courrier, je ne bougerai pas d'ici, vous vous débrouillerez avec les Libyens. »

« Mais puisque je vous dis que je l'ai oublié à Venise ! »

Landford se leva, comme pour donner le signal du départ. Je restais assis.

« Voyons, Yfig, ne vous entêtez pas, vous n'avez rien à gagner à jouer les enfants gâtés. »
Si son intention était de me vexer, c'était un coup d'épée dans l'eau et il ne savait pas encore le sort que

je lui réservais depuis la nuit où je le vis forcer Ludmilla.

« Nous allons être obligés d'employer la force et si vous refusez les ordres, vous serez traduit en cour martial ! »

A peine avait-il prononcé ces mots que deux gardes armés pénétrèrent dans la pièce comme s'ils avaient attendu un signal derrière la porte.

« Je ne suis plus militaire, vous ne pouvez me traduire en cour martial ; donnez-moi mon courrier et je pars. »

« Ecoutez, je suis vraiment désolé de votre entêtement , vous êtes réquisitionné et tombez donc sous la juridiction des armées …. Gardes ! »

Les deux gardes étaient venus se positionner de chaque côté de mon siège et ils avancèrent le bras pour me saisir. Sans qu'ils aient le temps de comprendre ce qui leur arrivait, ils se retrouvèrent désarmés allongés sur le sol, étourdis.
Je lançai leurs armes à l'autre coin de la pièce.
Landford avait déjà sorti son pistolet, mais il rejoignit les deux autres armes.

D'une voix calme, je m'adressais à de Saint Juste :
« Vous me donnez mon courrier ou bien dois-je le prendre moi-même dans votre tiroir ? »

A regret, et pour cause, il me tendit les trois lettres qui avaient été ouvertes.
«Je devais les ouvrir, vous comprenez, c'est une question de secret défense et je vous …. »

« C'est bon ! » l'interrompis-je, le principal c'est que j'aie mes lettres.

« Vous ne me souhaitez pas bonne chance ? » lui dis-je en lui tendant la main.
Il hésita, mais se résigna. Je lui saisis le poignet et de mon pouce, je lui sectionnais le tendon d'un coup violent tout en tordant son avant bras pour être certain que les ligaments viendraient avec et ne seraient pas réparables. Il poussa un grand cri de douleur et Landford voulut intervenir, mais, par maladresse, il se précipita sur mon coude et on entendit très nettement les cartilages et quelques os craquer. Il tomba sur le sol dans un profond coma. De Saint Juste ne pourrait plus jamais se servir de sa main droite, pour la veuve poignée, il lui restait la gauche.

C'étaient les mêmes hommes que ceux que j'avais désarmés qui me conduisaient à l'aéroport. L'un d'eux me dit :
« Vous savez, nous, on ne faisait qu'exécuter les ordres ! »
« Je sais. » Leur répondis-je. Et le reste du trajet se fit en silence.

Sur le tarmac, au pied de la passerelle menant à l'avion, le général Sid Hamed Al Ameyni m'attendait avec deux autres hommes en civil.
Nous fîmes les présentations avant de monter dans l'appareil.
Les deux autres gars étaient des agents de sécurité des services secrets Libyens et ils devaient travailler avec les agents Français mais il y avait ce problème de

langue, l'Anglais n'étant pas suffisamment bien parlé par tout le monde.

Dans l'avion, le général me parlait, mais je ne l'entendais qu'à moitié, je ne cessais de remâcher les divers évènements des derniers jours.

Il nous donnait ses instructions et nous expliquait la façon dont nous allions travailler de concert. Nous serions les plus exposés puisque nous allions accompagner le cortège ministériel d'un bout à l'autre de son parcours. Il nous indiquait aussi les passages les plus dangereux tout en les montrant sur des cartes préétablies du trajet qui, d'autre part, pouvait être changé au dernier moment ..... Alors, me dis-je, pourquoi s'en faire !

Il faisait plus chaud à Tripoli qu'à Benghazi qui profite d'un petit vent marin en permanence. Un véhicule militaire Libyen nous attendaient et nous fûmes conduits dans un très grand centre militaire qui englobait également l'hôpital des armées. Nos carrées étaient spartiates, mais les gus vachement sympas. Le général nous avait laissé à nous-mêmes pour aller rendre des comptes à sa hiérarchie.

Il y avait des lits tout faits vides qui semblaient attendre d'autres renforts.

Quelques quart d'heures plus tard arrivèrent trois Français.

Ils ne cessaient de râler et ils râlaient déjà, dehors, avant d'avoir franchi la porte d'entrée. Les Libyens les regardèrent entrer avec des yeux en forme de billes ; Ils ne pouvaient comprendre ce qu'ils disaient mais rien qu'à leur ton on pouvait interpréter. Ils se plaignaient de tout, de l'avion, de la douane, de la police d'immigration, de la jeep qui les avaient amenés, de la chaleur, de la poussière ...... Moi,

j'étais habillé fin prêt pour un petit tour dans Tripoli. J'étais bronzé, les cheveux noirs bouclés (j'ai des photos si tu ne me crois pas !), ils m'ont pris pour un Libyen et je me suis bien gardé de les détromper.
Ils m'agressèrent dans un très mauvais Anglais :
« C'est tout de même pas là qu'on va dormir ? c'est carrément pouilleux ! »
Je leur fis un beau sourire, et la mine de celui qui ne comprend pas, je me carapatais à toute berzingue pour ne pas avoir à les supporter. C'était pas très sympa pour les deux Libyens, mais ils n'avaient qu'à en faire autant.

Je me suis baladé dans Tripoli et c'est vrai que je n'ai pas vu de dissemblance vraiment importante par rapport à Benghazi … mais avais-je vraiment la tête à jouer les touristes ?

J'ai bu un thé à une terrasse de café face à la mer. Difficile de vous décrire cet instant et ce lieux, tout est si différent de ce à quoi nous sommes habitués. Les tables et les chaises sont très rustiques, en fer vert, certainement de la récupération venue d'Europe et datant d'avant la dernière guerre mondiale. Du fragile, en apparence, mais toujours en activité. Le sol, du béton légèrement dallé de ciment et c'est tout. C'est rugueux, brut, mais ça a plus de réalité qu'une terrasse du quartier Latin avec ses bibelots, ses décors kitchs, ses fauteuils en rotin et ses tables couvertes de gros sous-verres ; le tout vous entraînant vers une vaporeuse somnolence dés le premier demi.

J'ai sorti les lettres de Ludmilla.
Elles étaient pleines d'amour, de tendresse et de projets d'avenir.

Je n'ai pas compris, mais il m'a semblé qu'elle me parlait de faire un enfant … je n'en suis pas certain car bizarrement, ce passage était rédigé de façon confuse.

J'avais du papier et un stylo. Je lui ai répondu longuement …

Je lui signalais, au passage, la forfaiture de de SaintJuste et lui recommandais de m'écrire sans plus passer par la voie diplomatique.

Je terminais en lui annonçant la grande nouvelle et en lui donnant rendez-vous à Venise.

Ah !bien chère lectrice et lecteur je ne t'ai pas dit.

Après que je être sorti du bureau du directeur, je suis allé droit à l'administration du personnel (dont j'étais un des éléments) et j'ai remis ma démission à mon chef avec effet au plus tôt et pour motifs persos.

Alors tu comprends mieux que j'avais un poids de moins sur ma pesante destinée.

Puis, j'ai musardé en ville, en errance décontractée et indolente.

Je n'étais pas pressé de rejoindre la caserne, j'ai mangé un super couscous et le serveur, quand il a comprit à mon accent que j'étais 'françaoui' m'a proposé du vin qu'il m'a servi dans une grande tasse à thé.

J'ai retrouvé le chemin de nos quartiers en titubant légèrement. J'étais heureux, j'avais pris la bonne décision et je me disais que dans pas longtemps, je serais sorti de ce foutu pays.

Je suis entré dans la casemate une fois dissipées les principales vapeurs d'alcool. J'avais l'intention de me faire tout petit et d'aller me jeter au plus vite dans le pieux qui m'avait été attribué. Dès que j'ai eu franchi la porte, je me suis fait copieusement engueulé par le général qui m'a dit qu'il avait pourtant été clair dans ses instructions pendant le vol et qu'on ne devait quitter la caserne seul sous aucun prétexte ! Il gueulait, il gueulait … j'ai compris que je lui servais d'exutoire et qu'en fait il se vengeait des 'râleries' incessantes des trois 'françaouis' !

Comme il semblait ne pas se décider à cesser de gueuler, je suis retourné vers la porte, et je suis sorti.

Il m'a couru après dans la grande cours cailloutée et s'est excusé.

Je l'ai fait marrer en lui disant que les français ne sont que des rouspéteurs et on est rentrés copains.

 On a eu de longs débriefings qui se mordaient la queue car toutes les heures, l'itinéraire précédent était remis en cause.

Le général a commencé à faire appel à mes services et les trois français sont tombés de leur cocotier en apprenant que j'étais français itou. Il y en a un qui a commencé à me chercher des noises parce que je n'avais pas été clair dès le début. Je me suis esquivé en lui disant que je n'étais pas tout à fait français, il s'est calmé en attendant la suite et je lui ai dit que j'étais breton. Je crois qu'il m'a pris pour un con ! mais j'ai l'habitude.

Puis on a fait un peu plus connaissance, mais c'est toujours pareil :

« Comment tu t'appelles ? »

« Et toi ? …. Le à matelas. »

« D'où tu es ? » …. Etc ….

On nous a donné des armes, chacun devine quoi ? Un Hämmerli, c'était comme à la maison.

On s'est un peu entraîné à tirer, on a eu encore d'autres réunions …. C'était longuet et chiant.

Enfin, on nous a habillés … tenue de combat pour tout le monde avec rangers, coutelas à débiter les éléphants et gros ceinturon truffé de grenades offensives et défensives (suivant les circonstances à venir ….) Ca m'a rappelé le bon temps (ce n'est qu'une expression toute faite, il n'y a pas lieu de lui accorder une attention particulière !)

Un tintamarre ébouriffant nous a réveillé en fanfare. C'était LE jour, mais il faisait nuit noire car il n'était que quatre du mat. pour un vol arrivant à neuf heures. P'tit déj. , douche, tenue de branle-bas-de-combat et en route pour l'aventure …

Comme il fallait s'y attendre, on a reçu un nouvel itinéraire à étudier avec la plus grande attention (jusqu'au prochain, vraisemblablement …).
Comme on ne s'y attendait pas, la police de l'aéroport n'avait pas été vraiment prévenue de notre arrivée et ça ne s'est pas fait dans la dentelle, on a faillit s'entretuer, et il a fallut qu'un des gradés aille réveiller son colonel à son domicile et l'amène jusqu'à l'aéroport pour qu'il décachette l'enveloppe qu'on lui avait remis la veille et qu'il avait oubliée …..
Bon ! on a investi le tarmac, on s'est camouflé au milieu de l'herbe rase et les passagers en partance ou en arrivage se demandaient ce que ces drôles de zig pouvaient bien chercher allongés dans l'herbe ?
Trois longues heures à faire le guignol ! Pour passer le temps, je me chantais des chansons de Brassens.

L'avion est arrivé, on a bouclé le périmètre, puis on a resserré tout en restants discrets (tu parles ! on ne voyait que nous !)

On nous a donné vite fait le tout dernier itinéraire qui s'avérait être le tout premier qu'on nous avait donné et à deux par Jeep, nous avons encadré le cortège, mais discrètement, ça va de soi !

Quand la tête de mon chauffeur Libyen a éclatée sous l'effet de la balle explosive, je n'ai pas pris le temps de demander une messe, j'ai bondit hors de la jeep qui venait de faire une embardée sur un plot de ciment sensé délimiter le trottoir de la route. J'ai roulé boulé jusqu'au mur de l'immeuble qui m'a stoppé. Je m'attendais à prendre un balle, mais je me suis précipité, malgré la menace, à quatre pattes vers le porche tout proche.
Me croyant à l'abri, j'ai osé un œil. Pam, le moellon de l'immeuble m'a pété aux yeux m'aveuglant et m'étouffant tout à la fois. Je me suis accroupi et sans tenir compte de mon aveuglement, j'ai tenté de voir où étaient positionnés les tueurs ? Ca crépitait de partout, la bagarre s'était déportée entre les tueurs sur le trottoir opposé et la voiture du premier ministre Français, quatre vingt mètres plus loin, en travers de la chaussée. Je ne pouvais pas apercevoir Chirac, juste deux des trois gus avec lesquels nous avions partagé la chambrée.
Ils étaient armés comme des chars d'assauts, mais les assaillants étaient nombreux et déterminés. Comme ils semblaient s'être plus ou moins désintéressé de moi, j'ai rampé en m'éloignant du feu, non pour fuir, non, pour les contourner et tenter de les prendre par surprise, je visais un véhicule en stationnement qui pourrait me cacher à leurs yeux, mais il fallait que je fasse un détour pour me dissimuler à leur attention.
Cela me prit un temps infini, quelques minutes, mais je sentais que les Français étaient en grand danger, ils ne répondaient plus avec autant de force à l'attaque.

J'ai pu enfin arriver très vite jusqu'au cul de la bagnole garée. J'ai dégoupillé les six grenades offensives et défensives que j'avais au ceinturon, en les maintenant désarmées et quand les six furent prêtes, je les jetais toutes ensembles en direction des agresseurs après avoir armé et compté six secondes ….. je me suis jeté à terre derrière la voiture de marque indéterminée. Elle a fait un saut sous le souffle et je me suis retrouvé écrasé par le pot d'échappement. Avec peine et douleur, j'ai réussi à me dégager. Il régnait un silence de mort.

J'ai osé un œil, c'était pas beau à voir ! âmes sensibles, sautez quelques lignes ….

Une des grenades offensives avait explosée sous le véhicule qui, en sautant vers l'arrière avait écrasé deux des agresseurs contre le mur de l'immeuble blanc devenu rouge à l'endroit des impacts. De toutes façons, les autres avaient les tripes à l'air avec les éclats de ferraille que lancent les grenades défensives et qui s'éparpillent dans tous les sens. Mais comme ils n'avaient pas eu le temps de se protéger d'aucune façon, les grenades les avaient déchiquetés et les corps n'étaient plus que lambeaux et membres arrachés.

Les Français ne sortaient pas de leur abri derrière la voiture du ministre, pourtant, ils ne pouvaient pas avoir été touchés à cette distance !

Et soudain, la fusillade reprit et je compris que deux tueurs avaient survécus à mon attaque. L'un d'eux, par rage je suppose, tirait comme un fou sur la voiture qui me protégeait. J'espérais qu'elle tienne le coup et n'explose pas sous les balles.

Dès qu'il cessa de tirer sur la voiture, je m'élançais arme à la main vers le trottoir opposé au leur tout en ne quittant pas des yeux une seule seconde l'endroit d'où venait les tirs. J'en aperçus un au moment où il m'avait vu lui aussi. Je défouraillais en laissant le doigt sur la gâchette, ce qui passait l'arme en mode 'pistolet mitrailleur'. Je cessais le feu en voyant la tête de l'homme s'affaisser sur sa poitrine. Pendant ce temps, le Français encore valide n'avait cessé de tirer sur le dernier assaillant que je ne pouvais voir. Le silence revint soudain dans cette rue baignée d'un soleil radieux. Une grande lassitude s'empara de moi et je dus m'asseoir quelques secondes sur le bitume brûlant pour reprendre mes esprits.

J'appelais le Français :

« Tu m'entends ? »

Deux voix me répondirent :

« Ouais »

« Comment êtes-vous ? » Je m'étais levé et j'entreprenais de me diriger vers eux.

« On a un blessé grave et un léger , et moi j'ai pris une bastos dans la jambe, mais elle est ressortie »

Je commençais à les voir, ils étaient allongés derrière la voiture et du sang coulait sous eux.

« Et le ministre ? »

« Il est dans l'autre convoi, le non officiel ! »

Je ne parlais plus jusqu'à leur hauteur, je venais d'apprendre que nous n'étions qu'un leurre qui avait fait son œuvre.

Une sirène d'ambulance vociférait dans le lointain en alternance avec celle d'une ou plusieurs voitures policiéres.

J'assistais au mieux le blessé grave en lui posant un garrot pour arrêter l'hémorragie. Il n'y avait plus grand chose d'autre à faire.

« Qui a bien pu nous attaquer ? » Me demanda le Français.

« Des Italiens. » Répondis-je

« Les Italiens ? mais nous sommes amis, il n'y a pas de contentieux avec eux ! »

« Non, pas 'les' Italiens, mais 'des' Italiens aux intérêts privés. Tu sais qu'ils supportent mal que des Français viennent travailler dans ce pays qui fut longtemps une de leurs colonies. Il y a quelques gros caïds, ici. »

Les Libyens ont insisté pour que je passe la nuit à l'hôpital, mon dos était amoché et j'avais quelques bosses de ci de là.

Le lendemain, le général m'a conseillé de mettre une tenue propre,   nous étions cordialement invités à l'Ambassade de France.
L'Ambassadeur n'était pas là , il avait accompagné le premier ministre pour la suite de son périple.
C'est donc le Consul, que je connaissais, qui nous reçut.
La cérémonie fut très courte et j'avais pu apercevoir caché derrière une lourde tenture de coton de Saint Juste le bras en écharpe et Landford qui nous observaient.
Le Consul fit un discours rapide pour remercier le fier soldat Libyen qui était mort pour défendre la démocratie et les relations fraternelles franco-libyenne. Il décora le général et l'autre agent Libyen, puis les trois Français dont deux étaient à l'hôpital, puis, le Consul me remercia, du bout des lèvres, au nom de la France de mon courage, il m'épingla, en me piquant, une espèce de 'pin' avant l'heure et me fit une accolade qui me repoussait plus qu'elle me retenait.
C'est dans ces circonstances que l'on a tout loisir d'apprécier la propension à l'hypocrisie dont doit être doté un diplomate.

Nous avons pris le vol régulier du soir pour rentrer à Benghazi.

Le lendemain, je me préoccupais d'organiser mon départ.
Dès le soir, je commençais de remplir la cantine achetée sur le souk avant de partir en mission.
J'allais personnellement m'occuper de mon billet de retour à l'agence de voyage et je prenais deux jours de congés pour retourner une dernière fois à Tolmeitha et Apollonia, voir encore une fois les trois grâces, les mosaïques, les bains, les ruines et les amphores au fond de l'eau.

Mon épopée Libyenne se termina ainsi, sans regrets.

Du même auteur

- **DVDP la Joconde** (polar artistique)
- **Les ploutocrates** (roman de mœurs)
- **Un raout chez les ploutocrates** (pièce de théâtre)
- **Aux ailes bleues du vent** (poésies chansons mirlitons)
- **Métempsychose du bigorneau** (recueil de nouvelles)
- **Mel pot littéraire** (sketches humoristiques)
- **Yfig fait son cinéma** (scenarii de courts et longs métrages)
- **Les aventures extraordinaires de Tata Baluchon** (série télé)
- **Un psy peut en cacher un autre** (pièce de théâtre de boulevard) - SACD
- **Apocalypse nucléaire** (pièce de théâtre comédie dramatique)
- **Meurtre parfait** - (pièce de théâtre - comédie satyrique)
- **Le fantôme du château de hurle aux loups** (pièce de théâtre ados)